JN220883

赤ちゃん竜のお世話係に任命されました 2

アレク
リヴィドールの国王。
聖竜ソラと共に戦う「盟友」で、
結衣とは恋人として
付き合い始めたばかり。
ソラ
聖竜。
魔族から人間を守る
女神の遣いで、結衣が
赤ちゃんから育てた。
菊池結衣（きくちゆい）
24歳のドッグトレーナー。
聖竜ソラによって
「ドラゴンの導き手」に選ばれ、
異世界に召喚された。
フィア
泣き虫な赤ちゃんドラゴン。
ソラの弟子になりたいらしいが、
その理由とは——？
登場人物
紹介

アメリア
結衣の侍女。
ディランの
双子の妹。
ディラン
結衣の専属護衛。
ドラゴンやトカゲが
大の苦手。
オスカー
リヴィドールの宰相。
有能だが無愛想。
リディア
アクアレイト国の王女。
アレクのことが好きな
クールビューティー。
シムド
フィアの父。
聖火を守る「番竜(ばんりゅう)」の長。
母親を亡くしたフィアを
心配している。
イシュドーラ
魔族の国アスラの王太子。
フィアの一族が守っている
聖火を消そうと企む。

目次

序章

雲一つ見当たらない、青空の下。菊池結衣は初詣帰りの人波に乗り、カラコロと下駄を鳴らして歩いていた。

正月を意識して、めいっぱい着飾っている。白や黄色の花が描かれた赤い振袖姿で、短い黒髪に牡丹の花飾りを付けていた。巾着と屋台で買ったフライドポテトの入ったビニール袋をぶらぶらと揺らしながら、帰省中の実家に入る。

「ただいま」

居間に顔を出した結衣は、ソファーに寝そべってテレビを見る二歳年下の弟に、呆れ顔をした。

「隆人、新年早々だらしないよ」

「お帰り、姉ちゃん。正月くらいだらけてもいいだろ。友達と初詣なんてよくやるよ。わざわざ人込みに行きたがる気持ちが俺には全然分からないね」

パーカーにジーンズというラフな格好をした隆人は、のそりと起き上がった。染めた茶色の髪はぼさぼさで、ところどころはねている。隆人は結衣とよく似たどんぐり眼を細めて欠伸をした。そこでふいに、にやりと笑う。

「ってか、姉ちゃん、まだ振袖なんだ？」

「うるさい」

「——ぶっ」

結衣は手近にあったクッションを隆人の顔に投げつける。振袖を着ることが出来るのは未婚の女性だけ。つまり、隆人は二十四歳でまだ結婚していない結衣をからかったのだ。

「もう、せっかく隆人の好きなもの買ってきたのに。あげないよ？」

「フライドポテトだ！　すみませんでした、お姉様。お着物がよく似合って、美しくていらっしゃいます」

「……持ち上げすぎ」

調子の良い弟に溜息を吐きつつも、結衣はフライドポテトの入った袋を差し出した。嬉しそうに受け取った隆人は、さっそくフライドポテトを食べながら、足元に寝そべる黒いラブラドール犬に声をかける。

「クッションを投げるなんて、姉ちゃんは凶暴だよな。そう思うだろ、モモ」

「オンッ」

おばあちゃん犬のモモは、隆人が遊んでくれると勘違いしたのか嬉しそうに吠えた。前足を隆人の膝にのせ、期待を込めた目で見上げている。

結衣は居間とつながった台所に行って、冷蔵庫を開けた。ミネラルウォーターを取り出し、それをグラスに注いで一口飲むと、隆人に冷たい目を向ける。

「隆人、いたいけなモモに何言ってんの？　モモは私のこと、凶暴だなんて思ってないもんね？」

「オンッ」

モモはまた吠え、パタパタと尻尾を振った。

「ほら～」

笑顔になる結衣。隆人はおざなりに返事をする。

「はいはい。でも姉ちゃん、そんな格好するなんて珍しいな。いつもは動きやすさ第一って感じなのに」

「私だって、たまにはこういう格好もしたくなるの。っていうか、少しくらい褒(ほ)めたらどうなの？」

「えー？　……馬子(まご)にも衣装？」

「それ褒めてない！　ったくもう。あれ、そういえばお父さんとお母さんは？」

「初詣(はつもうで)デートだって」

「そう……相変わらず仲良いわね」

夫婦仲が良くて結構だが、子どもとしては少々呆れてしまう。

「私、着替えてくるわ」

「うん」

隆人は頷くと、テレビ画面に目を向けた。正月番組が放送されていて、赤や白に塗られた豪華なステージに、コメディアンが現れたところだった。

結衣は隆人の笑い声を聞きながら、二階の自室に向かった。

結衣は部屋に入るとすぐ、扉に鍵をかけた。

六畳の部屋にはベッドや机、クローゼットや本棚などが置かれている。そして犬の世話に関する本や雑誌、犬のぬいぐるみや置物があちこちにあった。子どもの頃から犬が大好きな結衣は、ドッグトレーナーの仕事をしている。

「まったく、隆人のやつ。アレクさんの爪の垢(あか)でも呑ませてやりたいわ」

結衣はぼやきながら、全身鏡を覗き込む。髪の乱れをチェックしていたら、顔が自然とにやけた。

今から二ヶ月くらい前に起きた、とある出来事を思い出したからだ。

結衣はその日、異世界に召喚された。人間と魔族が暮らし、魔法が存在するファンタジックな世界だ。そこにあるリヴィドールという国で、結衣は『ドラゴンの導き手』として、聖竜の赤ちゃんを訓練したのである。

そこで生活するうちに、結衣はリヴィドール国の若き国王アレクと親しくなり、なんと交際することになったのだ。

結衣は、左手首に結んでいる飾り紐をちらりと見下ろした。青い紐に、小さな金属製の飾りが付いている。元々はアレクの髪を飾っていたもので、向こうの世界から地球に戻る直前、アレクからもらった。あの国ではプロポーズを意味するらしいが、その話は一旦保留にしてもらい、ひとまず交際からスタートすることになっている。

「アレクさん達、元気にしてるかな?」

実は今日、再びあちらの世界へ行くつもりで、結衣は少し前から準備を進めてきた。柄にもなく振袖を着たのも、アレクに見せたかったからである。

結衣はウキウキしながら、クローゼットから旅行鞄とお菓子などが入った紙袋を取り出した。次にあちらへ行く時は手土産を持っていくと決めていたのである。

準備が整ったところで、巾着の中から銀色の鱗を取り出す。これは結衣が異世界で世話をした聖竜ソラの鱗で、結衣はいつも持ち歩いている。

それを手に持ち、心の中でソラに呼びかければ、ソラが結衣を召喚してくれるらしい。

結衣は全ての荷物を持つと、目を閉じた。銀色をした大きなドラゴンの姿を思い浮かべて、呼びかける。

（ソラ、私をそっちに呼んで、お願い！）

少し待ってみたが、何の返事もない。

（ソラ？　ねえ、ソラってば）

何度か呼びかけてみても、やはり何も起きなかった。

結衣は目を開け、首を傾げる。

「あれ？　やり方あってるよね？」

もしかして間違ったやり方を覚えてしまったのかと不安を覚えた時、突然、足元に黒い穴が出現した。結衣はそのまま落っこちてしまう。

「わ!?」

まさかの時間差に驚いたのも束の間、結衣は前回召喚された時と同じく、水の中に沈んだ。

◆

その十日ほど前。

異世界のアクアレイト国にある薄暗い洞窟の中で、赤銅色の大型ドラゴンがゆっくりと倒れた。

その衝撃で地面が揺れ、風が起きる。洞窟特有の湿気た空気の中に、血のにおいと焦げたようなにおいが混じった。

魔族の国であるアスラの王太子イシュドーラ・アスラは黒衣をはためかせながら、金の目を細める。

この洞窟を守る、『番竜』と呼ばれる赤ドラゴン達。その最後尾にいたメスドラゴンが倒れたことで、彼らが体を張って守っていたものが露わになった。

洞窟を塞ぐように立つ立派な神殿だ。白大理石で築かれたその神殿の前で、アクアレイトの兵士達が悲痛な声を上げる。

「メイラ様！」

今しがた倒れた赤ドラゴンは、メイラという名前らしい。

アスラの兵士達が喜びに沸く中、イシュドーラはつまらなく思って鼻を鳴らす。

「なんだ、太陽神の加護を受けたドラゴンの一族と聞いて期待したのに、思っていたよりも弱いな。

これなら聖火も難なく消せそうだ」

先ほど倒れた大型ドラゴンの周りには、赤銅色の鱗（うろこ）を持つドラゴンと、黒い鱗を持つドラゴンが、何頭も血を流して倒れていた。黒い鱗を持つドラゴンは、イシュドーラ達が連れてきた凶暴な黒ドラゴンである。

今にも力尽きようとする中、メイラがうなり声を上げる。僅（わず）かに首をもたげ、イシュドーラを金の目で睨（にら）みつけた。

『立ち去れ、魔族……。私の夫が戻れば無事では済まない……』

イシュドーラはにやりと笑いながら返す。

「残念だが、しばらくは戻らない。その前に俺達の用は終わるだろうよ」

彼はメイラの夫である番竜の長達を別の場所におびき出したのである。彼らはまんまと引っかかり、守るべき場所を空けてしまった。

メイラは悔しげに目を細めたが、それが限界だった。頭を再び地面につけ、ゆっくりと目蓋（まぶた）を閉じる。そして、その命の灯火（ともしび）は消えた。

イシュドーラはメイラの死を確認すると、奥の神殿へと剣先を向ける。それを合図に、アスラの兵士達は鬨（とき）の声を上げ、神殿へと攻め込んでいく。

それを神殿の衛兵達が迎え撃った。

激しい戦闘が繰り広げられる中、アスラ兵の一人が壁際の瓦礫（がれき）へと槍先を向ける。

「こちらにドラゴンの子どもがいます！」

兵士の声を聞いたイシュドーラがそちらを見ると、瓦礫(がれき)の中に赤銅(しゃくどう)色の鱗(うろこ)が見えた。生まれて間もないと思われる小さなドラゴンの子どもが、身を丸くして震えている。

イシュドーラは鼻で笑い、左手を軽く振って言う。

「捨て置け。そんなチビには興味はねえ。それよりも急いで神殿の守りを突破しろ」

「はっ！」

兵士は敬礼するや、すぐに戦闘に戻った。

やがて神殿の守りが破られ、イシュドーラ達は神殿内に踏み込んだ。

広々とした廊下を通り抜けた先に、見上げるほど大きな扉が現れる。それを開けると、これまた大きな広間があった。

その中央に置かれた黄金(おうごん)の台座の中で、火が赤々と燃えている。

「これが聖火……」

イシュドーラは感慨を込めて呟く。

遥か昔、夜闇を司(つかさど)る男神ナトクが、太陽の女神シャリアにより地底に封じられた。これは、その封印の要(かなめ)となる火なのだ。

封印は少しずつ緩んでしまうため、女神は百年に一度、地上に降臨して封印を掛け直す。その封印の掛け直しの日——降臨祭の日が近付く今こそ、封印を壊す絶好の機会だった。

イシュドーラ達魔族は、自分達をこの世に生み落としたナトクの解放をずっと夢見ていた。それを叶える日がとうとう来たのだ。

イシュドーラは右手を聖火にかざした。

その手から、魔法で作り出された水が勢いよく放たれる。

「何……？」

大量の水を浴びたにもかかわらず、火は赤々と燃えていた。

それならばと、今度は台座ごと凍らせてみる。だが聖火は氷の中でも燃え続け、魔法で作られた氷の方が弾け飛んでしまった。

他の魔法も試してみたが、炎の勢いは少しも弱まる気配がない。

イシュドーラが苛立ちを覚え始めた時、洞窟の入り口の方からドラゴンの咆哮が聞こえた。声は少しずつ近付いてきて、廊下にいる魔族の兵士達が悲鳴を上げる。

やがて広間の巨大な扉を開けて入ってきたのは、大型の赤ドラゴンだった。

メイラよりも大きくてがっしりとしており、いかめしい顔には迫力がある。これがメイラの夫に違いない。

鋭い金の目が、イシュドーラをじろりと見下ろす。

『我が留守中に、よくも仲間を！　去れ、魔族！　この火を消すには、聖なるものの一部が必要だ！　お前達のような悪しき者には、それを手に入れることすら叶わないだろう！』

「……聖なるものの一部だと？」

イシュドーラは目を見張る。

聖火を消すのにそんなものが必要だとは初耳だった。ここまで辿り着いた魔族は過去にいなかったのだから、それも当然だろう。

眉を寄せるイシュドーラの前で、番竜の長が大きく息を吸い込む。

次の瞬間、真紅の炎が広間いっぱいに広がった。

あまりの熱気に、空気が揺らいで見える。

炎を吐き終えたドラゴンは、黒焦げになったはずのイシュドーラを探す。だが、先ほどまでイシュドーラがいた場所には何もなく、それどころか広間内のどこにもその姿を見つけられなかった。

『おのれ魔族め！　どこに隠れた！』

怒り狂うドラゴンを尻目に、イシュドーラは転移魔法で広間から脱出していた。彼は神殿の廊下にいた兵士達に告げる。

「お前達、撤退だ。手筈通り、速やかに戻れ！」

「は……っ！」

負傷しているため、よろめきながら走り出す部下達。その間を悠然と歩きつつ、イシュドーラは広間の方を振り返る。

先ほどのドラゴンはまだイシュドーラを探し回っているらしく、地響きを伴った足音がここまで聞こえてくる。

「聖なるものの一部……か」

いくら考えてみても、やはり思い当たるものはない。

「まあいい。すぐに見つけてやる」

イシュドーラは口元に笑みを浮かべ、黒いマントをばさりと翻す。そして、その場から忽然と姿を消した。

◆

魔族達が退却したあと、聖火の洞窟には物悲しい鳴き声が響いていた。

「ピゥ……ピゥ……」

一匹の小さな子どもドラゴンが、メイラの遺体に寄り添うようにして泣いている。

赤銅色の鱗を持ち、頭に四本の角を生やしたそのドラゴンは、金色の目から涙の粒をぽろぽろと零していた。

『フィア、お前は無事だったのだな』

戦いを終えて戻ってきた番竜の長シムドは、我が子の姿を見つけて安堵の声を漏らす。

『メイラ、フィアを守ってくれてありがとう』

シムドは妻であるメイラの額に自らの額を合わせ、目を閉じて別れの挨拶をする。命の失われたメイラの体は、氷のように冷たい。

「ピゥ……」

メイラの頭にすがりつくようにして、フィアは泣く。

やがて目を開けて妻の遺体から額を離したシムドは、上からフィアの顔を覗き込み、その背を鼻先で優しくつついた。

『母さんのことは残念だが、お前だけでも生きていてくれて良かった』

「ピゥ、ピィア」

涙を零しながら、頭を横に振るフィア。

『母さん達が目の前で戦っているのに、何も出来なかった？　……なあ、フィア。お前は生まれたばかりなのだから、戦えなくて当たり前だ。気にするな』

「ピィア、ピャーウ……」

しかし、フィアはなおも首を横に振る。

『他の子ども達から、弱虫フィアと呼ばれる？　あの子達だって隠れていたんだ。お前だけが弱いわけではない』

「ピゥ……」

フィアは尻尾を体に巻き付け、その場で丸くなった。

母の傍を離れようとしない我が子を見下ろして、シムドは深い溜息を吐く。シムドもまた悲しみに沈んでいたが、番竜の長として他にすべきことがある。

『……私はあちらに戻るぞ』

そう言ってフィアの傍を離れたものの、気遣わしげに何度も振り返るシムド。彼が立ち去る足音を聞きながら、フィアは丸くなったまま涙を零し続けた。

きっと仲間達から、長の息子のくせに弱虫だと馬鹿にされることだろう。悔しいけれど、フィアは実際に弱虫なので、どうしたらいいか分からない。
何もかもが悲しくて、フィアは目蓋（まぶた）をぎゅっと閉じた。

第一章　番竜の子ども

結衣は一瞬、何が起きたか分からなかった。

だが、自分が水の中にいると知るなり、飛び上がるようにして水面から顔を出す。

「冷たい！　寒い！」

そう言いながら、白大理石で出来た泉の縁(ふち)に急いではい上がった。

しゃがみ込んで身を縮こまらせ、二の腕を両手でさする。白大理石で出来た床に雫(しずく)が落ちて、あっという間に水たまりが出来た。

（そうだ、最初は泉に出るんだった。すっかり忘れてた！）

ここには初めて異世界に召喚された時はもちろん、日本に戻る時にも来たので、ちょっとした馴染(なじ)みのある場所だ。

小さな泉と、それを囲むように植えられた木々。今はこの世界も真冬なので、木の枝や地面にはまばらに雪が積もっていた。

（あ、いつの間にかまた笛がかかってるわ）

膝に硬い物がぶつかるので見てみれば、オカリナに似た白い笛が首からかかっていた。これは竜呼びの笛というもので、結衣がこちらの世界に来ると同時に首にかかるのだ。逆に地球に戻ると消えてなくなる。

『ユイ、おかえり！』

少年の弾んだ声がわんわんと響いた。

結衣が後ろを振り返ると、巨大な銀色のドラゴンが、白大理石で造られた建物の前に座っていた。

二本の角を持ち、優美な姿をしたそのドラゴンは、よく晴れた空のような色の目を輝かせている。

信じがたいが、このドラゴンが先ほどの声の主だ。魔族から人間を守るために月の女神が遣わした聖竜であり、結衣にとっては赤ちゃんから育てた大事な家族でもある。見た目こそ立派な大人だが、精神的にはまだ子どもだった。

「ただいま、ソラ」

結衣は寒さのあまり震える声で挨拶した。水が凍らないのが不思議なほどである。意を決して立ち上がると、大理石で造られた幅広の階段を一段上がり、乾いている場所に手土産の入った紙袋を置いた。紙袋は濡れたせいでよれてしまい、中に入った水が底から滲み出している。

結衣はがっくりと肩を落とす。今回は前回と違って泉で溺れずに済んだが、せっかくの準備が全て水の泡になった。

泉の縁に座ったまま、頭を突き出すようにして結衣を見下ろしていたソラは、元気のない様子に首を傾げる。

『いったいどうしたのだ、ユイ。久しぶりに会えたというのに、暗い顔をして』

「せっかくのおしゃれが台無しだし、手土産も包装がダメになっちゃったから、落ち込んでるだけ……」

結衣が水を吸って重くなった着物を見せると、ソラは青い目をいっそう輝かせた。

『おお！　確かに美しい格好をしているな。そう嘆く必要はない。我が魔法で乾かしてやろう！』

ソラは、ふぅと小さく息を吐く。

すると結衣の体を温かい風が通り過ぎていった。

袖を振ってみたら、雫が一つも落ちてこない。紙袋もすっかり乾いている。

「すごい、本当に乾いた！」

ほっとした結衣は、旅行鞄から鏡を取り出し、髪形や化粧をチェックする。髪形は問題なかったが、化粧は崩れていたので大急ぎで整えた。

そんな結衣の隣で、ソラが自慢げに首を反らす。

『ふふん。結衣が留守にしておる間に、我は魔法が上達したのだ』

結衣は化粧道具を仕舞いながら、つい笑ってしまった。ソラは座っていても二階建ての家より大きいのに、褒めてくれと全身で主張する姿が可愛く見えたからだ。

「すごいよ、ソラ。勉強熱心だね」

『そうだろう？　我は聖竜だからな、皆を守るためには必要なことだ』

ソラは偉ぶっているが、結衣に褒められたことが嬉しくてたまらないようである。銀色の尻尾をぶんぶんと振り、重い風切り音を立てていた。

くすくすと笑っていた結衣は、ソラのために用意した手土産があることを思い出した。さっそく紙袋から小さめの袋を一つ取り出す。

「これ、ソラへのお土産。何が良いかなって迷ったんだけど、果物にしたわ。果物好きでしょ？

『林檎（りんご）』っていうの」

『リンゴか。我がよく食べる赤い実と似ているな』

興味津々（しんしん）な様子で林檎を見下ろし、ソラは口を開けた。放り込めと言いたいのだろう。

結衣は林檎が三個入っている袋から一個だけ取り出し、ソラの口へと放り投げた。ソラが人間なら大豆を一粒食べるような具合なので、結衣は選択を間違えたかなと思って苦笑する。

「ごめん、ソラには小さすぎたね」

『そんなことはない。とても甘くておいしいぞ。こんなに美味（うま）い木の実はなかなかない。ありがとう、ユイ』

ソラは満足げに目を細めた。

『残りはあとのお楽しみにするから、神官達に渡しておいてくれ。ついでに他の荷物も預けてこい。久しぶりに会ったのだ、結衣を乗せて空を飛びたい。第一竜舎のカレンの子が生まれたから、連れていってやる。今は盟友もそちらにいるようだしな』

「カレンの卵、孵（かえ）ったの？　行く行く！」

結衣は喜んでソラの誘いに乗った。

ソラが神官を呼ぶと、白大理石の建物——聖竜教会の入り口から様子を窺（うかが）っていた女性神官達が、こちらに駆け寄ってきた。

　長袖の白いワンピースを着た女性神官達は、みな彫りの深い顔立ちをしており、髪はそれぞれ赤や金色や茶色とカラフルだ。彼女達はあっという間に結衣を取り囲み、明るく声をかけてくる。

「ユイ様、お帰りなさいませ！」

「お久しぶりでございます。まあ、なんて素敵なお召し物でしょう！　天使が舞い降りたかと思いましたわ」

「この鞄なども不思議な形ですが、素敵でございますね」

「さすがは異世界からのお客様ですわ。前に着ていらした作業着という衣服もお似合いでしたけど、私、こちらの方が好きですわ。色鮮やかで刺繍も細やかで」

　ものすごい勢いで口々に言う神官達。

　結衣は彼女達が落ち着くのを待ってから口を開いた。

「お久しぶりです。褒めてくれてありがとうございます。私の国では特別な日に着る、伝統の衣装なんですよ。あちらで新年のお祝いがあったので、そのまま着てきたんです」

「そうなのですね。あら、御髪が乱れていらっしゃいますわ。……これで大丈夫です。お可愛らしいですよ」

「ありがとう」

　結衣が神官に礼を言うと、痺れを切らしたソラに呼ばれた。

『ユイ、早く行こう』

「あ、うん！　ごめんなさい、神官さん達。ソラが呼んでるので行きますね。この荷物、預かってもらってもいいですか？」

「ええ、もちろんです！」

「あとで神官さん達にもお土産を渡しますね！」

快く引き受けてくれた神官達に笑いかけ、結衣は身を翻す。そして下駄をカラコロと鳴らしながら、ソラに駆け寄った。

ソラは地面に身を伏せ、尻尾側から背中に上るよう結衣に言う。振袖姿の結衣は動きにくかったけれど、どうにかよじ上った。

『よし、準備できたな？　行くぞ！』

「うん！」

ソラは勢いよく羽ばたき、空へと舞い上がった。


第一竜舎の前に到着すると、飼育員達が雪かきしていた。

結衣は彼らに挨拶しながら、一人の飼育員が開けてくれた鉄扉から竜舎の中へ入る。ソラは体が大きすぎて入れないので、外で待っているという。

竜舎に入った途端、藁と獣のにおいがむわっと立ち込めた。

第一竜舎に住む中型ドラゴン達は薄闇を好むので、出入り口付近の壁に設置された明かりと、天井にある明かりとりの窓から入り込む光だけが頼りだ。

そんな薄暗い竜舎だが、結衣が探していた人物はすぐに見つかった。

一人の青年が一番奥にある檻の前で、中型ドラゴン達のリーダーである、ニールムというドラゴンに話しかけている。

「アレクさん、お久しぶりです！」

結衣が明るく挨拶すると、青年――アレクシス・ウィル・リヴィドール三世が振り向く。竜舎の薄闇の中でも、その輝くような美貌は健在だった。

（久しぶりに見ると強烈だわ。本当に綺麗……）

短い金髪は柔らかそうで、肌は透き通るように白い。さっきまで飛行訓練をしていたのか、深緑色の防寒着を身に着けている。彼がこちらへ歩きながらゴーグルを外すと、傍に控えていた飼育員が素早く受け取った。アレクはこの国の王なのだ。

結衣の前まで来たアレクは、緑の目で結衣を見つめた。とても優しそうな雰囲気があり、美貌とも相まって天使のようだ。結衣は思わず拝みたくなる自分に、心の中でツッコミを入れた。

（一応、彼氏なんだから拝んじゃ駄目よ。……というか、あれって夢じゃないのよね？）

こうして再会してみると、結衣がアレクと付き合うことになったのは、夢だったのではないかと思えてきた。

「お帰りなさい、ユイ殿。……いえ、ユイ。あなたが来ると分かっていたら、のんきに訓練などしていないで迎えにいきましたのに」

残念そうに肩を落とすアレク。

そういえば別れ際に、互いを呼び捨てにしようと約束していたのだった。それを思い出しながら、結衣は慌てて両手を振る。

「そんな大袈裟な」

「恋人との久しぶりの再会なんです。大袈裟だなんてことはありませんよ」

「は、はい……」

にっこりと微笑むアレクに、結衣はぎくしゃくと頷く。少し離れている間に、アレクの美貌への耐性が弱まってしまったらしい。会えて嬉しい反面、どうにも緊張してしまう。だが、アレク自身の口から『恋人』という言葉が出てきたので、心の中ではガッツポーズをしていた。

(良かった！　夢じゃなかった！)

こんな優しいイケメンが結衣の彼氏だなんて、やっぱり信じきれないが、これは現実なのだ。

結衣が胸を撫で下ろしていると、アレクがこちらをまじまじと眺めているのに気付いた。

「え、何ですか？」

まさか、まだ化粧や髪に乱れがあったのかと、結衣は意味もなく指先で髪を引っ張ってみる。そわそわして落ち着かない結衣に、アレクはやんわりと微笑んだ。

「その衣装、とても美しいですね。ユイによくお似合いです」

「……あ、ありがとうございますっ。これ、私の国の伝統的な衣装なんです。新年のお祝いのために着たんですが、異文化交流のつもりでそのまま着て来ちゃいました」

本当はアレクに見せたかっただけなのだが、そう口にするのはなんだか恥ずかしくて、結衣は適当なことを言って誤魔化した。

「刺繍(ししゅう)や髪の飾りなど、どれをとっても繊細で見事です。異世界の姫だと言われても納得です」

「いえいえ！　私は庶民ですよ。……というかこれ、そんなにすごいですか？」

結衣は袖を持ち上げて、花の刺繍を眺める。確かにこの着物は高価だが、一般庶民でも買える程度の品だ。もし姫が着るとしたら、もっと豪華な着物だろう。

「ええ、刺繍だけを見ても王族が持つような品だと思います」

「そうですかねえ……」

いまいちピンと来ない結衣は、首を傾げるばかりだ。結衣にとっては「似合っている」という一言だけで充分嬉しい。ついにやけそうになるので、さっきから表情を取り繕(つくろ)うのが大変だ。

「あんまり綺麗なので、天使かと思いました」

「そ、それは言いすぎですーっ」

さっき女性神官も似たようなことを言っていたが、結衣には過ぎた褒(ほ)め言葉だ。恥ずかしさのあまり、全身にかゆみを覚える。

話題を変えよう。そう決意して視線を横の檻(おり)にずらした結衣は、そこに見覚えのあるドラゴンの姿を見つけた。

「あ、オニキス！」

「グルルゥ」

出入り口に一番近いその檻の中で、黒ドラゴンが身を起こした。つややかな黒い鱗(うろこ)と、鋭い金色の目を持っている。首の後ろや尾には棘(とげ)状のコブがついていて、どことなく凶悪な外見だ。

気性の荒い黒ドラゴンは、人間に味方するドラゴンと敵対し、魔族側についている。だが、オニキスとは結衣が魔族の国に誘拐された時に親しくなり、今では種を越えた友情を育んでいた。

オニキスが近寄ってくるのを見た結衣は、飼育員に頼んで檻の鍵を開けてもらった。「気を付けて下さい！」という彼の忠告も気にせず、軽い足取りで中に入っていく。

「久しぶりー！　元気にしてた？」

「ルゥ」

オニキスは頭を低くし、こちらに顔を近付けてくる。結衣は手を伸ばして、その頬を軽く撫でた。気持ち良さそうに目を閉じるオニキス。結衣は彼が自分を覚えていてくれたことに感動して、笑みを深める。

「鱗がつやっつやになっちゃって。ここの人達に良くしてもらってるのね」

「グルゥ」

気のせいか、声の感じも前より穏やかになっていた。

「オニキスは賢くて聞き分けの良いドラゴンですよ。この群れのリーダーであるニールムによく従っています。それに、試しに騎竜訓練をしてみたら、空を飛ぶスピードがとても速くて、皆驚いていました」

アレクが褒めると、オニキスは誇らしげに首を反らした。

結衣は声を上げて笑う。

「良い子にしてたんだね、オニキス。あんたはアスラ国では凶暴なドラゴンって言われてたけど、本当は優しいから、私はあんまり心配してなかったよ。元気に過ごせていて良かった」

「ルゥ」

見かけによらず怖がりなオニキスは、脅かしさえしなければ、優しくて良い子なのだ。飼育員達もそれを理解してくれているようで嬉しい。

結衣がオニキスを撫でていると、竜舎の奥から別のドラゴンの鳴き声がした。

「ルル〜」

そちらを見た結衣は、黄土色の優美なドラゴン——ニールムが、頭でしきりに隣の檻を示しているのに気付く。アレクが思わずという風に笑った。

「ニールムが我が子を紹介したいようですね。ユイ、ニールムとカレンの子に会って頂けますか？」

「もちろんです！　オニキス、またね」

「グルゥ」

結衣がオニキスに軽く手を振ると、彼は頷くような仕草をした。結衣は通路に出て檻の扉を閉め、竜舎の奥へ向かう。

ニールムの隣の檻では、赤い鱗を持つ美しいメスドラゴン——カレンがうたた寝をしていた。

「カレンは最近、ああしてよく眠るんです。子どもが卵から孵ったことで、緊張から解放されたのでしょう。カレンの子もよく眠るのですよ。ほら、カレンの翼の下です」

アレクが小声で説明し、カレンが翼で守るようにしているものを示す。結衣がそちらを見ると、大型犬くらいの大きさの赤ちゃんドラゴンが、丸くなって眠っていた。

二人の話し声に気付いたのか、カレンが目蓋を上げ、金色の目を覗かせる。結衣が右手を軽く上げると、カレンは眠たそうだった目をパチリと開けて、頭を持ち上げた。

「ルル」

カレンは嬉しそうに鳴くと、おもむろに赤子の後ろ首をくわえて、結衣とアレクの前に置いた。

赤い鱗はカレンと同じで、つぶらな丸い目は金色をしているのが分かった。赤子は眠いのか、しきりに目を瞬かせて、くあっと欠伸をする。

「わあ、可愛い！　カレンそっくりの美人さんになりそうだね！」

結衣が手放しで褒めると、カレンは目を細めて笑ったように見えた。すると、隣の檻にいるニールムが「ルゥ！」と鳴く。

「ニールムの方は、自分似だと言いたいみたいですね」

アレクは口元を手で覆い、笑いをこらえながら言った。

「凛々しい目元はお父さん似だと思うよ、ニールム。アレク、この子の性別は？」

「オスです。名前はリウムに決まりました」

「リウムかあ。良い名前だね」

結衣は檻の前でしゃがみ込み、リウムに声をかけた。

リウムはきょとんとしてから、「ルル！」と鳴く。なんとなく喜んでいるように結衣には思えた。

まだ眠たいらしく、リウムはうつらうつらと船をこぎ始める。

——その時、竜舎内にパッと光が差し込んだかと思うと、轟音が響いた。

リウムは仰天し、カレンの足元に逃げ込む。

「落雷ですね。この時期、リヴィドールは天候が荒れやすいのです」

アレクは天井にある明かりとりの窓を見上げながら言った。いつの間にか黒雲が低く垂れ込め、稲光が走っている。

入り口の方から、飼育員達がバタバタと走り回る音が聞こえてくる。「火を消せ！」とか「水を持ってこい！」とか言っているので、先ほどの雷は近くに落ちたようだ。

結衣は驚きすぎて、声も出せずに固まっていた。心臓は早鐘を打っている。

（こ……怖かったー！）

実は、結衣は雷が大嫌いなのである。小さい頃、目の前の木に雷が落ちたのを見て、トラウマになってしまった。

だが、それを態度に出したり、人に言ったりしたことはない。小学生の時に、誰にも言わないと決めたのだ。

あの頃、クラスの可愛い女子が雷を怖がって男子にちやほやされ、他の女子から冷ややかな目で見られていた。また、男っぽいタイプの結衣が雷を怖がるわけがないと思われていたものだから、そのイメージを崩せなかったのである。

そんなわけで、雷嫌いは心の奥底に封印して、平静を装ってきた。けれど、こういった不意打ちには弱い。

「――ユイ？」

「だ、大丈夫です！」

黙り込んでいる結衣を不審に思ったのか、心配そうに声をかけてきたアレクに、結衣は不必要に大声を出してしまった。

びっくりしたような顔をするアレク。我に返った結衣は、焦って両手を振る。

「あ、いえ、何でもないです。ごめんなさい！」

その時、ニールムとカレンが激しく鳴き声を交わし始めた。

「えっ、何？　いきなり」

二頭は、まるで口喧嘩をしているみたいだ。

アレクが呆れ顔で言う。

「最近、よく喧嘩しているんですよ。ソラに通訳してもらったら、リウムが雷を怖がってすぐカレンの足元に隠れてしまうので、ニールムが『もっと強くなれ』と叱っているんだとか。カレンはそんなニールムに、『赤子に厳しすぎる』と反発しているそうです」

「ドラゴンも夫婦喧嘩するんですね」

その点に関しては、人間もドラゴンも似たようなものらしい。

結衣は雷を怖がる犬のしつけ方法を、頭の中から引っ張り出す。ドラゴンに通用するかどうかは分からないが、気休めにはなるだろうと思い、ニールムにアドバイスした。

「雷嫌いの子には、雷が怖くないってことを教えるしかないよ。怒ったら逆効果。雷が鳴っても平然としてみせたり、むしろ楽しんでみせるの。そしたらね、赤ちゃんも雷は怖いものじゃないんだって思えるようになるから」

「ルゥ、ルルッ」

ニールムが驚いた様子で鳴く。カレンは知的な眼差しをニールムに向け、穏やかに鳴いた。

「ルールル」

「ルルッ」

二頭が何を話しているのかは分からないが、どうやら夫婦喧嘩は終わったみたいだ。

「恐らく、ユイのアドバイスを聞き入れたんだと思いますよ。ニールムとカレンはとても賢いので、人間の話をよく理解しますから」

アレクがそう言うと、ニールムは肯定するように鳴いた。

「ルル！」

そんな話をしている間に、雨が降り始めたらしい。明かりとりの窓に激しく打ち付ける雨音が竜舎内に響いた。

急に寒くなった気がして、結衣は身震いする。するとアレクが心配そうに言った。

「気温が下がってきましたね。風邪を引く前に城へ行きましょう。ソラに頼めば、雨よけの魔法をかけてくれますから」

「はい」

結衣は頷くと、カレンとニールムを順に見上げた。

「カレン、ニールム、赤ちゃんを紹介してくれてありがとう。この子はきっと二頭に似て、立派に育つよ」

二頭は声を揃えて「ルル！」と鳴き、親しげに視線を交わし合う。先ほどまでの険悪な空気はどこへ行ったのだろうと、結衣は思った。

カレンはリウムを自分の翼で包み込み、頭を下げる。これからもう一眠りするようだ。

微笑ましい母子の姿に、結衣は目元を緩ませる。

「では行きましょう、アレク。久しぶりに皆と会えるのが楽しみです。アメリアさんやディランさん、元気かな」

「すぐに会えますよ。ちょうどいいので、オスカーも呼んでお茶にしましょうか」

「はい」

アレクの「ちょうどいい」という台詞に疑問を覚えたものの、結衣はひとまず頷いた。


結衣が王城に入ると、玄関ホールで二人の人物が待っていた。侍女のアメリア・クロスと、近衛騎士のディラン・クロスだ。

双子なので茶色い髪と青い目は同じだが、性別が違うせいか顔はあまり似ていない。とはいえ、伯爵家の生まれだからか二人とも品が良く、雰囲気はよく似ていた。

結衣は下駄を鳴らして彼らに駆け寄る。

「アメリアさん、ディランさん、久しぶり！」

「ユイ様、ご無沙汰しております。お変わりなくて何よりですわ」

アメリアはアレクと結衣に向けてお辞儀したあと、そう挨拶した。

ディランは左胸に右手を当てて礼をとる。

「ご帰還をお待ちしておりました。ユイ様がいつ戻られてもいいように、専属護衛として毎日聖竜神殿に控えていたのですが、神官達に邪険にされて、そろそろ心が折れるかと……」

ディランはそう言って苦笑した。

聖竜教会は、この世界の人々の間で広く信仰されている宗教だ。双子の女神である太陽神シャリアと月神セレナリア、そして月神の御使いである聖竜を崇めている。

女神を祀っている関係上、神官は女性ばかりであるため、神殿の重要な場所は女性しか入れないようになっていた。女性神官達は男性に触れると俗世の穢れがうつると信じているので、男性への当たりがきつい。

以前、ディランが女性神官達からきつい対応をされているのを見たことがある結衣は、困り顔を作った。

「神官さん達、相変わらず男嫌いだね。来るのが遅くなってごめん、ディランさん。次に来る時は手土産を持ってこようって決めてたんだけど、それを買うお金がなかったの。ただでさえお給料が少ない上に、転職先を探しているところだから懐に余裕がなくてさ」

結衣は情けなく思いながらも、正直に話した。

するとアメリアが目をまんまるに見開き、とんでもないとばかりに叫ぶ。

「まああ！　そんなご苦労をされてまで、手土産を用意して下さったのですか!?　私どもにお気を遣わないで下さいませ！」

「私があげたかったの。お世話になった人にはお礼をするのが、私の故郷のマナーなんだよ。神官さん達に預かってもらってるから、あとで渡すね」

「そうなのですか……なんという律義なお国柄でしょう。さすがはユイ様の故国ですね！　では、アメリアも楽しみにさせて頂きます！」

「あ、ありがとう」

キラキラと目を輝かせて迫ってくるアメリア。その勢いに押され、結衣は一歩後ろに下がる。するとディランが、アメリアに苦言を呈した。

「おい、アメリア。ユイ様が困っていらっしゃるぞ」

「も、申し訳ありませんでした」

慌てて身を引くアメリアの隣で、ディランは不思議そうに首を傾げる。

「ですがユイ様、何故また転職活動を？　陛下とご婚約されたというのに」

「そうですわ！　私、お二人がご結婚なさるのを心待ちにしておりますのよ」

「えっ、いや、まだ交際の段階で……」

何もアレクの前でそんな話題を出さなくてもと、結衣が気まずい思いをしていると、そのアレクがそっと話を遮(さえぎ)った。

「二人とも、ユイが困っているからそれくらいにね。ユイ、あなたが段階を踏みたいと言うなら、ちゃんとそうします。今はまだ交際中ということで」

優しく微笑んでくれるアレクが、結衣には本物の天使に見えた。

「そうです。そうそう」

結衣が便乗して何度も頷くと、アメリアは残念そうにした。だが、ディランは「そうですか」と言って、そっけない。『どうせ近いうちに結婚するんでしょう』とでも言いたげだ。

もちろん、結衣はアレクのことが好きだし、素敵な人だとも思う。けれど、結婚となると別問題なのだ。違う世界の住人同士ということも気にかかっている。

「ですが、ユイ」

アレクは付け足して言う。

「私が差し上げたあの飾り紐は、是非髪に付けて下さいね。今はせっかく綺麗にまとまっていますから、遠慮しておきますが」

素晴らしい笑顔で、また褒めてくれるアレク。結衣は顔が熱くなるのを感じた。

「あ、ありがとうございます」

顔を隠すため、ぺこっと頭を下げてみたものの、内心の動揺が収まらない。

(褒めてもらえたらいいなとは思ってたけど、実際にこうして褒められると心臓に悪いわ。それに何？　この罪悪感)

ここではドラゴンの導き手と呼ばれ重んじられているが、向こうの世界ではどこにでもいるごく普通の女子だ。アレクに憧れているたくさんの女性達に対して、申し訳ない気持ちになってくる。

(でも、やっぱり好きだなあ)

久しぶりにアレクの優しさを感じて、心が温かくなった。

そこで、ふとクロス兄妹の生温かい視線に気付いた結衣は、いたたまれなくなる。この空気をどうしようかと考え込んでいると、廊下の向こうから黒衣の男がやって来た。

「陛下、ユイ様。お出迎えが遅れまして申し訳ありません」

挨拶しながら足早に歩いてくるのは、三十二歳という若さでリヴィドール国の宰相を務めるオスカー・レドモンドだ。長い黒髪に、紫色の飾り紐を付けている。切れ長の目は琥珀色で、無愛想なせいか冷たそうに見えた。

「オスカー、ちょうど良かった」

アレクはオスカーを振り返り、にっこりと微笑んだ。

「このあと、君をお茶に誘おうと思っていたんだ。ほら、例の件で」

「ああ、あの件ですか。確かにユイ様がいらっしゃる今は、タイミングがよろしいですね」

何やら結衣には分からないことを話し合うアレクとオスカー。質問しようと口を開いた結衣を、オスカーが右手を軽く上げて遮る。

「後ほど詳しくお話しいたします。このような冷える場所で長話するのもなんですから。ところでそちらのお召し物、よくお似合いですね」

オスカーは思い出したように結衣の服装を褒めた。

「ユイの故郷の伝統的な衣装だそうだよ」

「そうなのですか。異界の国の伝統服……。ドラゴンの導き手についての新資料として、非常に興味深い」

口元にうっすらと笑みを浮かべるオスカー。

（オスカーさん、私のことを研究対象として見てたのか……）

結衣は顔を引きつらせたが、オスカーはそれに気付いた様子もなく踵を返す。

「さあ、こちらへどうぞ。それにしてもユイ様、本当に良い時期にいらっしゃいましたよ。何せ百年に一度のことですからね！」

見た目は冷静ながら、オスカーは声を弾ませた。

（え、いったい何事なの⁉）

結衣はいつになく上機嫌なオスカーを、ちょっとばかり不気味に思った。アレクは忍び笑いをしつつ、結衣を促す。

「驚いたでしょう？　オスカーがこのような感じになるほどの良いことですよ。楽しみにしていて下さい」

「はあ……」

結衣は全く想像がつかず、気の抜けた返事をした。

◆

暖炉の中で、火がパチパチと音を立てている。

応接室に案内された結衣は、青いビロード張りの長椅子に座っていた。右隣にはアレクがいて、一人掛けの椅子にゆったりと座っている。

アメリアがティーセットの載ったカートを押してきて、手早くお茶の用意をした。香ばしいにおいと共に、湯気がふわりと広がる。彼女は低いテーブルにカップを並べ終えると、扉の脇に控えているディランの隣に移動した。

それを横目で見ながら、結衣はお茶を一口飲む。冷えた体に温かさが染み入るようだ。

同じくお茶を味わったオスカーは、ティーカップをソーサーに戻して居住まいを正す。結衣もつられてカップを下ろし、オスカーに注目した。

「ユイ様、実は三週間後に降臨祭があるのです」

「降臨祭？」

結衣は首を傾げる。

(なんだかその言葉、どこかで聞いた気がするなあ)

結衣は記憶を掘り起こそうとしてみたが、結局思い出せなかった。そんな結衣に、無表情ながら声だけはやたらと弾ませて、オスカーが言う。

「百年に一度の、降臨祭ですよ！　ちょうど三週間後に双子の女神様が降臨し、民衆の前にお姿を現されるのです！」

オスカーは握った右手を左胸に当て、感慨たっぷりに息を吐く。

「このおめでたい祭典の時期にこうして生きていられることも幸せですが、何よりありがたいのは、我が国はアスラ国と停戦中だということです。そうでなければ戦争中に祭りに参加するなんて、とても出来ませんからね、私達は非常にツイています」

「女神達だけでなく、新しい聖竜とドラゴンの導き手まで揃うのですから、豪華ですよね」

アレクはにこにこと微笑んでいる。

結衣はその言葉に、また首を傾げた。

「ソラはともかく、私がいて豪華なのかどうかは分かりませんが……」

「ドラゴンの導き手のご来訪に居合わせただけでも、我々は幸運なんですよ、ユイ様。それが今度は女神様方、聖竜様、盟友、導き手が一堂に会すのです。素晴らしい奇跡ですよ。我々は本当に幸せ者です」

しみじみと呟くオスカー。

結衣はそんなオスカーの様子を怪訝に思う。

「アレク、オスカーさんはいったいどうしちゃったんですか？　正直、いつもと違いすぎて怖いです」

「そう思われても仕方ありませんが、今回ばかりは大目に見て差し上げて下さい。外交の都合上、我々の旅に同行することになったので喜んでいるんですよ。各国の王族や貴族が集まるとても大事な場なので、オスカーにはしっかり働いて欲しいと思っています」

「もちろん、陛下にも頑張って頂きますよ」

オスカーはしれっと付け足した。

アレクの説明を聞いた結衣は、疑問を口にする。

「旅？　そのお祭りって、この国で行われるんじゃないんですか？」

「降臨祭はアクアレイトという国で行われます。ユイは太陽の女神シャリア様が夜闇の神ナトクを地底に封じた話を、覚えていらっしゃいますか？」

アレクに質問され、結衣は前に聞いた話を思い出す。

「確か夜闇の神様が月の女神様に惚れて誘拐して……それに怒った太陽の女神様が、夜闇の神様を封じたんでしたっけ？　そのせいで夜闇の神様が魔族や黒ドラゴンを作って、嫌がらせに人間を滅ぼそうとしているっていうお話でしたよね」

「その通り。そして人間を憐（あわ）れんだ月の女神セレナリア様が、聖竜を遣わして下さっているんです。実は夜闇の神が封印されている場所が、アクアレイト国にあるのです。女神様方が降臨されるのも、その建物の中なのですよ」

「え？　夜闇の神様が封印されている場所って、アスラ国にあるんじゃないんですか？」

結衣は根本的なところに疑問を覚えて、率直に問う。

すると、オスカーが「いいえ」と否定した。

「ナトクが封印されているのは、アクアレイト国の洞窟にある神殿です。その場所はこれまで何度か魔族に襲撃されましたが、我々人間は死守して参りました。封印は強固なので、おいそれと解けることはありません。ですが、降臨祭が近いこの時期だけは例外なのです」

「この時期だけ、封印が解けるってことですか？」

「いえ、解けるのではなく、緩むのだそうです。放置しておけば、夜闇の神ナトクが自らの手で封印を解くでしょう。そのため太陽の女神様が、封印を掛け直しに来られます。月の女神様は、その付き添いらしいです」

「なるほど」

結衣は大きく頷くと、これまでの話をまとめる。

「要するに、百年ごとに封印を掛け直さなきゃいけない。そのために女神様達が地上に来られるから、それを祝うお祭りが開かれるってことなんですね」

今度はアレクが頷いた。

「そういうことです。聖竜であるソラは月の女神に会いに行きますし、盟友である私もアクアレイト国から招待状を頂いています。出来ればドラゴンの導き手もご一緒にとのことなので、ユイも行きませんか？」

「いいんですか？　もちろん行きます！」

結衣は即答した。

(リヴィドール以外の国を見てみたいし、平和な旅行なら大歓迎！)

前にも一度リヴィドールの外に出たが、単にアスラ国の王太子に誘拐されただけだし、とても平和な旅とは言えなかった。

(本当は私、一週間くらいしたら日本に戻ろうと思ってたんだけど……まあいっか。私がこっちにいる間は、向こうの時間は進まないんだし)

そう結論づけると、頭の中はすっかり観光気分になった。アクアレイトとはどんな国なのだろうと想像して浮かれる結衣に、オスカーがいつもの冷静な口調で言う。

「ユイ様にも他国の王族や貴族の方々にご挨拶して頂きますので、行きの馬車の中でその練習をいたしましょう。大丈夫です、私が指南させて頂きますので！」

「え？　挨拶？」

瞬時に顔を引きつらせた結衣に、アレクが穏やかに微笑む。

「皆さん、ドラゴンの導き手にお会いするのを、とても楽しみにしていらっしゃるんですよ。そうと決まれば、ドレスなどの着替えも用意しないといけませんね。ちょうどユイにプレゼントするつもりだったものがあるので、それを持っていきましょう」

「ドレス？　着替え？」

楽しそうなアレクと違い、結衣の気持ちは急降下した。リヴィドール国の貴婦人が着るドレスは、その下にコルセットを付けるので苦しいのだ。それに、動きにくい服装は苦手である。

「ええ。降臨祭の前に一週間ほど、長いパーティーが開かれるんですよ。そのための着替えです。アメリア、支度は任せましたよ」

アレクがアメリアに声をかけると、彼女はスカートの裾を持ち上げてお辞儀する。

「はい、喜んで。腕を振るって準備いたしますわ！」

アメリアは意気揚々と答え、嬉しそうに微笑んだ。それを見た結衣は、逃げられないと悟って腹をくくる。

「……よろしく、アメリアさん」

結衣はぎこちない笑みを浮かべ、アメリアにぺこっと頭を下げた。

◆

――一週間後、結衣達は船の上にいた。

「すごい景色！　きれーい！」

結衣は手すりから身を乗り出すようにして前方を見つめる。

澄み渡った空の下、湖面が太陽の光を反射して、銀色に輝いている。湖の一番奥には、白い石造りの街並みが広がっていた。湖の上に造られた、アクアレイト国の王都だ。

街の後ろには巨大な岩山があり、更に奥には急峻（きゅうしゅん）な山脈が広がっている。まるで雪化粧をした牙のような鋭い頂きが、いくつも連なっていた。

山からの風が吹きつけてくるので、船の上はとても寒い。短い髪があっという間に乱れてしまい、髪に結びつけている青い飾り紐がバタバタと暴れていた。

結衣は神官兵の服の上に羽織（はお）った毛織のマントに手を伸ばし、フードを引き下ろす。すると少しだけ寒さが和（やわ）らいだので、ほっと息を吐いた。

『まったく、あの地に行くだけと分かっていたら、我が背中に乗せていったのに』

船の真横に並んで飛びながら、ソラがすねたように言う。

「船で湖を渡るのが礼儀だっていうから、仕方ないでしょ」

護衛の竜騎兵達は例外として中型ドラゴンに乗っても良いが、他の人達は船で移動するのが決まりらしい。

結衣は冷たい空気を深く吸い込み、笑みを浮かべる。

「船で旅行なんて久しぶり！　魔法で動いてるっていうのが、私の国の船とは違うけどね」

結衣が乗っている船は一見ただの帆船（はんせん）だが、今は帆を畳んでいる。魔法を動力にしているそうで、風もないのにかなりの速度で進んでいた。

ソラは負けじと言い張る。

『我に乗った方が絶対に楽しいぞ！』

「もう、ソラってば。船と張り合わないの！」

『こんなに開（ひら）けた場所なのに、共に飛べぬなんてつまらない！』

ソラが駄々をこね始める。気持ちは分かるが、アクアレイト国を訪問する際のマナーだと言われれば、そうするしかない。

結衣がソラをどう宥（なだ）めようかと考えていたら、船室のドアが開き、アメリアが顔を出した。いつも着ている深緑色の侍女服の上に、黒いマントを羽織（はお）っている。彼女は寒さで鼻を赤くしながら、結衣に声をかけた。

「ユイ様、そろそろ中にお戻り下さいませ。お召し替えのお時間です」

「あ、もうそんな時間だっけ」

船を降りた足でそのままアクアレイト国の城に向かうので、礼儀としてドレスを身に着けることになっている。

結衣は思わず顔をしかめた。

「ねえ、やっぱりこの格好じゃ駄目？」

「駄目です。正装でご挨拶なさらないと失礼ですわ。ドラゴンの導き手様はどの国の王様よりも位が高くていらっしゃいますけど、体面というものが……。私、ユイ様が服装一つで誰かに悪く言われたら、とても悲しいですわ」

話しながら想像したらしく、大きな目を潤ませるアメリアに、結衣は慌てて両手を振る。

「ちゃ、ちゃんと着るから。我が儘言ってごめんね」

「……良かった、安心いたしましたわ。ですがユイ様、ドレス映えなさるのですから、そんなに嫌がらなくてもよろしいのに」

表情を明るくしたアメリアだが、今度は不思議そうに首を傾げる。

「動きにくい格好って苦手なの」

結衣は苦笑しながら、ソラに向けてひらりと手を振った。

「じゃあね、ソラ。またあとで」

『うむ。時間が空いたら散歩しよう、ユイ』

「うん、楽しみにしてる」

結衣の返事を聞いたソラは、嬉しそうに尻尾で湖面を叩き、空へと舞い上がる。水飛沫をかぶった結衣は、ソラを見上げて笑った。

「もう、子どもなんだから」

どれだけ図体が大きくなろうが、自分が赤ちゃんドラゴンから育てたソラは、結衣にはとても可愛らしく見えるのだった。


アクアレイト国の港には、多くの帆船(はんせん)が停まっていた。

そこへ結衣達の乗る帆船が水上を滑(すべ)るようにして着港すると、集まっていた大勢の人々が沸き立つ。花飾りが付いた帽子を被った女性や、青いコートを着た男性など、様々な格好をした人々が口々に叫んだ。

「聖竜ソラ様だわ！」

「リヴィドールの国王陛下は、なんてご立派なの！」

「我が国へようこそ！」

灰色の雲に覆(おお)われた空の下、人々の歓声が響く。

外から聞こえてくる声を聞きながら、結衣は扉の前で固まっていた。

薄水色のシンプルなドレスの上に、裏地が毛織物になっている白いマントを着ているので、防寒はばっちりだ。あとは船室から出るだけなのだが、緊張のあまり膝が笑って言うことを聞かない。

ディランが開けかけた扉を閉め、結衣を振り返る。

「ユイ様、降りられないんですか？」

「う、うん。ちょっと待って、心の準備が……」

結衣は扉の隙間（すきま）からちらりと見えた光景にますます動揺し、深呼吸をして必死に落ち着こうとする。

「あんなにたくさんの人がいるなんて……！　ちょっと多すぎるんじゃない!?」

港いっぱいに人が押し寄せている。勢いあまって湖へ落ちないか心配になるほどだ。

アメリアが結衣を宥（なだ）める。

「聖竜様とドラゴンの導き手様が同時にいらっしゃるなんて、滅多にないことですもの。一目見たいと思って大勢の方がいらっしゃるのも当然ですわ。ですが大丈夫です、ユイ様。馬車まではほんの数歩しかありませんのよ。ねえ、ディラン」

「ええ。おかしな輩（やから）は私が絶対に近付けませんから、安心して下さい」

クロス兄妹が力強く励ます。

だが、芸能人でも有名人でもない結衣は、あれだけ多くの人の前を歩くと思うと眩暈（めまい）がしそうだ。ちょっと移動するだけだと頭では分かっているが、足が動かない。

どうしようと困り果てていたら、船室の扉がノックされた。結衣が返事をすると、扉が開く。

「ユイ、どうかされたんですか？」

アレクが心配そうな顔を覗かせた。一向に船室から出てこない結衣を迎えに来たのだろう。その後ろではオスカーが怪訝（けげん）そうな顔をしている。

「や、ちょっと緊張しちゃって……」

「あの人数を見たら緊張してしまいますよね。でも、そんなに身構えなくても大丈夫ですよ、馬車までほんの数歩しかありませんから」

アレクが穏やかに微笑んで、アメリアと同じことを言った。

（その数歩の距離で、とんでもないヘマをやらかしそうなんですよっ）

そう思いつつ、アレクに引きつった笑みを返す結衣。そんな結衣を眺めながら、アレクはしばし考え込み、名案を思いついたとばかりに顔を明るくする。

「では、私が抱えていきましょうか？」

「は？」

「陛下!?」

結衣の間の抜けた返事と、オスカーの驚く声が重なった。

「緊張で動けないのでしょう？　大丈夫です、ユイ一人くらい軽いものですよ」

「いやいやいやいやいや」

冗談かと思ったが、アレクは本気のようだ。結衣は首を横に勢いよく振る。

「子どもじゃないんですから！」

「ええ、存じていますが？」

不思議そうな顔をするアレクを見て、結衣は更に慌てた。このままだと、大勢の前で抱っこで運ばれてしまう。その状況を回避するため、結衣は必死に頭を働かせる。

そして一つの代案を思いついた。

「あの、腕を貸してくれませんか？　それならどうにか歩けると思いますし、アレクの腕に掴まっていれば、転んだりして醜態をさらすことにもならないかと！」

「それは良い案ですね、ユイ様。我が国がドラゴンの導き手を丁重に扱っていることや、陛下とユイ様が仲睦まじいことをアピールできます」

宰相らしく打算じみたことを言うオスカーに対し、アレクは疑問を口にする。

「それなら、やはり抱えていった方がいいのでは？」

「陛下、それはやりすぎというものです」

そのオスカーの返事にかぶせるように、結衣も主張する。

「そうです、アレク。腕を貸してくれればそれでいいので……」

アレクは少し残念そうに肩を落としたが、すぐに結衣の傍に来て左腕を差し出した。

「では掴まって下さい。大丈夫ですよ、ユイ。違う国に来ても、あなたが人々から尊敬されていることに変わりはありませんから」

「そんな大層な者ではないですよ……」

結衣はアレクの左腕に右手で掴まりながら、苦笑する。どんなに持ち上げられても自分は平凡だと理解しているからこそ、大勢の人々を前にひるんでしまうのだ。

そんな結衣に、アレクは穏やかに微笑む。

「そう思っていらっしゃるのは、きっとユイだけですよ。さあ、行きましょう。あまり遅くなるとソラが心配しますから」

「あ……はい！」

アレクの他にも心強い味方がいたことを思い出し、結衣は勇気が湧いてきた。

結衣達が船の廊下を歩いて甲板(かんぱん)に出ると、わっと歓声が上がる。

距離があるのでよく見えないが、人々がこちらに向けて手を振っているのは分かった。

「ユイ、良かったら、彼らに手を振ってあげて下さい」

「え？　は、はい」

アレクの言葉に従い、結衣は人々に向かって左手を振る。その瞬間、悲鳴のような黄色い声が上がった。

ぎょっとして固まる結衣の右手を、アレクが軽く引く。そして嬉しそうに微笑み、栈橋(さんばし)を示した。

「では降りましょうか」

船と栈橋をつなぐ渡し板の方へと歩きながら、結衣は平然としているアレクに感心していた。結衣なんて歩くだけで精一杯だというのに。

渡し板を、まるでお姫様のようにエスコートされて下りていく。アレクは結衣と歩調を合わせつつも、その足取りは淀(よど)みない。いったいアレクにはあの人だかりがどう見えているのだろうと不思議に思いながら、結衣はなんとか渡し板を下りきった。

が、ほっとして気が緩んだ拍子に、ドレスの裾(すそ)を踏んでしまう。

「わっ」

バランスを崩してよろめいた結衣の頭に、自分が大勢の人の前で派手に転ぶ光景が浮かぶ。だが、アレクに右腕を軽く引かれてどうにか体勢を持ち直した。

「大丈夫ですか？」

「は、はい……」

驚きのあまり心臓がバクバクしているが、特に足をひねったりはしていない。お礼を言おうとアレクを見上げた結衣は、その顔が思ったよりも近くにあって驚いた。

こちらを覗き込むようにしているアレクは心配してくれているのだろうが、キラキラしい美貌がこんなに近くにあっては心臓が休まらない。

「ありがとうございます……」

自然と声が小さくなってしまったが、アレクにはちゃんと聞こえたようで、彼は緩やかに微笑んだ。

「どういたしまして」

今度は緊張とは違った意味でドギマギしてしまう。お陰で周りを取り囲む人々のことを気にする余裕もなく、気付けば港に用意されていた馬車の前にいた。

青地に金の装飾が施された優美な馬車に乗り込むと、結衣はほっと息を吐いた。

「ね？　ちょっと歩くだけだったでしょう？」

「そうですね……」

アレクの問いかけにそう答えながらも、結衣は妙な疲労感を覚えて苦笑する。

やがて馬車が動き出し、熱気の混じった喧噪は徐々に遠のいていった。

◆

入り組んだ街並みを走り抜け、いくつかの水路を越えた先に、豪華絢爛な白い建物が現れた。アクアレイト国の王城だ。

四角くて横に長い建物なので、城というよりは立派なお屋敷のように見える。屋根と壁には女神やドラゴンの彫刻が施され、聖竜教会との結びつきの深さが一目で分かる。

エントランスの前で結衣達が馬車から降りると、そこへ静かに歩み寄ってくる一団があった。

数人の侍女を従えた女性が、スカートの裾を持ち上げて優雅に一礼する。

「遠路遥々ようこそお越し下さいました。リヴィドール国の皆様」

(お姫様だ……！)

結衣は自分が挨拶されているという状況も忘れて、その女性に見入った。

明るい金髪は複雑に編み上げられ、宝石の付いた髪飾りでまとめられている。耳飾りが揺れて、キラリと光を放った。

ハイウエストのドレスは濃い紫色で、胸の下辺りに金のベルトが巻かれている。その上に緑色のマントを羽織った女性は、陶器みたいに白い肌をしていた。

やがてゆっくりと上げられた顔は、とても美しかった。彼女が青紫色の目を細めて微笑んだだけで、辺りがパッと明るくなったような気がするほどだ。

お伽噺に出てくるお姫様が現実にいるとしたら、きっとこんな感じだろうと結衣は思った。

「わたくしはアクアレイト国の第一王女、リディア・アクアレイトと申します。父より、皆様のご案内役を任されました。此度のご来訪、心より歓迎いたしますわ」

王女と聞いて、結衣はやっぱりと思った。リディアに見とれてポーッとしている結衣の隣で、アレクが左胸に右手を当てて礼をとる。

「あなたがリディア姫ですね。アクアレイト国一の美姫という噂は、我が国にも届いていますよ。私はリヴィドール国王、アレクシス・ウィル・リヴィドール三世と申します」

アレクはそう名乗ると、結衣の顔を覗き込んだ。

「……ユイ？」

怪訝そうに呼びかけられ、結衣はハッと我に返る。

（そうだった、挨拶を返すんだった！）

道中、オスカーから口を酸っぱくして教えられたことを思い出し、慌ててスカートの裾を持ち上げてお辞儀する。

「ユ、ユイ・キクチです。お世話になります」

結衣の頭に、『三十点ですね』と辛口な評価をするオスカーの顔が浮かんだ。きっと後ろにいる彼は、内心で採点しているに違いない。

冷や汗をかきつつも、結衣は笑みを浮かべる。アレクはいつもの穏やかな口調で、結衣の自己紹介に補足してくれた。

「この方がドラゴンの導き手です。聖竜ソラ様が異世界よりお招きした方ですよ」

するとと馬車の真横に着地したソラが、ついでのように挨拶する。

『我もしばらく世話になる。よろしく』

突然目の前に現れたソラに、リディアの侍女達は驚いていた。だが、すぐに目を輝かせ、祈りのポーズをとる。

リディアは軽く目を見張ったあと、緩やかに首を横に振った。

「導き手様と聖竜様をおもてなしするのは、当然のことですわ。ご滞在中は楽しく過ごして頂けたら幸いです。お疲れでしょうから、客間へご案内いたしますね」

リディアはにこやかに微笑むと、「こちらへどうぞ」と手で奥を示して歩き始める。一人の侍女がそのあとに続き、他の侍女達は荷物を下ろすために馬車の方へ向かった。オスカーとアメリアもその場に残り、結衣はアレクとディラン、数名の護衛兵と共に歩き出す。

アクアレイト国の王城内は、芸術的な趣があった。美しい花瓶や彫像があちこちに置かれ、まるで美術館のようである。結衣は廊下を進みながら、次は何が置かれているのだろうとわくわくした。

だが、道順がかなり複雑だったので、ようやく目的地に辿り着いた時には、一人でここまで来られる自信をなくしていた。

「こちらの離宮をご自由にお使い下さいませ」

リディアがそう言って示したのは、王城と渡り廊下でつながっている白い石造りの建物だった。

大理石の女神像が出迎える先にはちょっとした庭があり、そこを抜けると玄関ポーチがある。

リディアに続いて玄関から中へ入ると、広々としたエントランスホールがあった。紺色の制服に身を包んだ初老の男性が立っており、結衣達に向かって深々とお辞儀する。

「この者が離宮の管理責任者です。何かございましたら、この者にお申し付け下さいませ。もちろん、わたくしにおっしゃって頂いても構いませんわ」

リディアに続き、初老の男性が恭しく言った。

「長旅でお疲れでしょう。どうぞごゆるりとお過ごし下さいませ」

「ありがとう。リディア姫も、ご案内ありがとうございました」

アレクの言葉にリディアは小さく頷き、艶やかに微笑む。

「また晩餐の折にお会いしましょう。では、失礼いたします」

リディアとお供の侍女が出ていくと、アレクは辺りを見回しながら、感心した様子で呟いた。

「素晴らしいところですね」

「本当に。しかも建物まるごと貸してもらえるなんて……セレブってすごい」

結衣は少し怖気づきながら、周りをきょろきょろと見回す。冬だというのに、エントランスホールのあちこちに植物が植えられ、花瓶には花が活けてある。離宮は二階建てのようで、目の前には大きな階段と、一階の奥へ続く豪華な扉があった。

一般庶民の結衣は、場違い感が半端ない。そわそわしていたら、管理責任者の男性が口を開いた。

「居間の方へどうぞ。お茶をご用意しています」

◆

その頃、岩山の上にある聖火の洞窟を訪れたソラを、番竜達が迎えていた。

「遠きところより遥々、我らの住処へようこそ、聖竜ソラ様」

番竜の長シムドがドラゴンの言葉で挨拶すると、その後ろにずらりと並ぶ大人のドラゴン達が「ようこそ」と声を揃えた。

ソラは自分よりもいくらか小さな赤いドラゴン達に礼を言う。

「歓迎ありがとう。先日、魔族の襲撃に遭ったそうだな。多くのドラゴンの命が失われたこと、残念に思う。だが、彼らの勇敢さは誇らしい。今頃は女神様の住まう天の園を舞っていることだろう」

ソラが口にした言葉は、死んだドラゴンをとむらうための常套句だった。だが、気持ちがこもっていたので、番竜達の間にしんみりとした空気が流れる。うつむく者、天井を見上げる者、すすり泣く者など、反応は様々だ。

「もったいないお言葉を賜り感謝いたします。亡くなった者達は喜んでいることでしょう。私どもの心もいくらか軽くなります」

「そうであれば嬉しい。もしまだ傷が痛む者がいるなら、我に言うといい。魔法で治してやろう」

「それには及びません。傷はほぼ癒えていますから。なあ、皆」

シムドの呼びかけに、大人のドラゴン達は「その通りです」と口を揃える。

「太陽の女神様のご加護により、普通のドラゴンよりも傷の治りが早いのです。ですが、お心遣い頂きありがとうございます」

「ああ」

ソラは短く答えて、目元を緩めた。

（あれが聖竜様……なんて神々しいお姿をされてるんだろう！）

フィアの頭の中は、銀色にキラキラと輝くソラの姿でいっぱいになっていた。

聖火を守る番竜の一族。それを束ねているのがフィアの父親だ。彼は大型の赤ドラゴンの中でも一番体が大きいのに、ソラはさらに巨大だった。

白銀に輝く鱗と、宝石のような青い目。月神セレナリア様の御使いに相応しい立派な姿である。

一族の大人達がソラに挨拶しているのを、少し離れたところで見ている子どもドラゴン達は、大人達に聞こえない程度にささやき合う。

「ソラ様って、育ての親である導き手様の危機を感じ取って、一気に大きくなったんだって」

「そのあとすぐ、アスラ国の魔族達を追い払ったんだろ？」

「格好良いよね！　強くて勇気があって、尊敬する！」

子ども達は興奮するあまり、だんだん声が大きくなってしまった。大人達から睨まれたので、ぴゃっと首をすくめて口をつぐむ。

そんな中、フィアは大人達の会話に耳を澄ましていた。ソラがこの間の襲撃で亡くなったドラゴン達へのお悔やみの言葉を口にしている。

ソラは話し終えると、子ども達の方を見て目を細めた。

「元気の良い子らだな」

咎めるような響きはなく、実に優しい声だった。

その声を聞いて、フィアの胸が更に高鳴る。

（優しくて強い聖竜様。あんなに立派なんだもの、どうやったら強くなれるか教えてくれるかもしれない！）

ソラはこのあと、洞窟の奥にある聖竜教会で休むという。フィアはそこにこっそり忍び込もうと決めた。

◆

その日の夜、アクアレイト国の国王夫妻とリディア姫、そしてアレクの四人だけが出席する小さな晩餐会が設けられた。結衣も誘われていたのだが、疲れてうたた寝していた彼女を起こすのが忍びなくて、アレクは一人で出席したのである。

暖炉の上の壁には王の肖像画がかけられ、長テーブルの上には銀製の燭台や食器が並んでいる。

室内には落ち着いた楽器演奏が流れていた。

席についたアレクは、さっそく国王ヨシュアに挨拶する。

「このたびはお招き頂き感謝いたします、ヨシュア殿」

「聖竜の盟友であるあなたをお招きするのは当然ですよ、アレクシス殿」

アクアレイト国王ヨシュアは、恰幅の良い体を揺すって大らかに笑った。ヨシュアの向かいに座る王妃マリエナは、優しげな笑みを浮かべて頷く。リディアと面立ちがよく似た、上品で綺麗な女性だ。

マリエナはふと笑みを消し、眉尻を下げて謝る。

「せっかくの晩餐ですのに、王太子が不在でごめんなさいね、アレクシス様」

「お兄様、盟友様とお食事するのを楽しみにしていらしたので、とっても悔しがっておいででしたわ。聖火の洞窟が襲撃されて以来、警備の強化に奔走なさっていて……」

「これ、リディア」

ヨシュアに注意されたリディアはすぐに口を閉じ、気まずそうに目を逸らす。

「その話は私の耳にも届いています。多くのドラゴン達が亡くなったとか……非常に残念です」

アレクがお悔やみの言葉を口にし、その場に悲しげな空気が漂う。それを振り払うかのように、ヨシュアが咳払いした。

「せっかくの晩餐です、もう少し明るい話をするとしましょう。そうだ、ドラゴンの導き手様のご様子はいかがですかな？　ご気分が悪いと伺いましたが」

「少し休めば大丈夫かと思います。港で王都の人々が出迎えてくれたのですが、ユイはあれほど大勢の人の前に出るのは初めてだったそうで。緊張から解放されて、どっと疲れが出たようです。ユイも陛下達にお会いするのをとても楽しみにしていたのですが、今日は大事をとって休んでもらいました」

アレクは苦笑しながら答える。結衣が体調不良というのは嘘だが、疲れていたのは本当だ。無理をさせれば本当に体調を崩しかねないし、長旅の直後だというのはヨシュア達も分かっているので、気分を害したりはしないだろう。

「左様ですか。残念ですが、パーティーで導き手様にお会いするのを楽しみにしております」

「そうですね、あなた」

国王夫妻は和やかに笑みを交わした。

そうして、晩餐会が始まった。湖でとれた新鮮な魚を作った料理はとてもおいしく、話が弾む。

やがて晩餐会も終わりに近付き、アレクが食後の果実酒を飲んでいると、ヨシュアが思い出したように言った。

「そういえばアレクシス殿は、ご結婚はまだだとか」

「ええ」

アレクはそう答えてから、果実酒をまた一口飲む。

「実は我が娘もいい年頃なので、嫁ぎ先を探しているところなのです」

「ちょ、ちょっとお父様……」

リディアが頬を赤らめ、ヨシュアを止めようとする。それでいてアレクの反応は気になるのか、彼の方を窺った。

「リディア姫はお綺麗ですから、引く手あまたでしょうね。きっと良いご縁がありますよ」

アレクが穏やかに微笑みながらそう返すと、ヨシュアは残念そうに眉尻を下げた。

すると今度は、マリエナが興味津々といった様子で訊いてくる。

「アレクシス様は、どんな女性がお好きなのですか？」

「これ、マリエナ。そんなあからさまな……」

ヨシュアはマリエナを咎めつつも、真剣な顔でアレクを見つめている。アレクは結衣のことを思い浮かべながら正直に答えた。

「そうですね……。優しくて、芯の強い方でしょうか」

それから一生懸命で、明るくて、行動力があって。頭の中には結衣の好きなところがいくつも思い浮かんでいたが、あまり口にするのもどうかと思ったので、それ以上は言わないでおいた。

「なるほど……いや、アレクシス殿。立ち入ったことをお訊きして申し訳ありませんでした」

「あ、いえ……」

ヨシュアに謝られたことで我に返ったアレクは、笑みを浮かべて頭を横に振る。

なんだか恥ずかしくなったので、果実酒を飲んで気持ちを落ち着かせた。

そんなアレクに、マリエナが明るい調子で言う。

「アレクシス様、母である私が言うのもなんですが、私の娘も優しくて芯が強いのですよ」

「それは実に素晴らしいですね」

無難な言葉を返すアレク。するとヨシュア達夫妻はがっかりした様子になる。

アレクはヨシュア達の態度を不思議に思いつつ、再び果実酒のグラスを傾けた。

滞在初日の夜は、こうして緩やかに更けていった。

◆

乾いた風が、熱砂を巻き上げながら通り過ぎていく。

ここアスラ国の王都は、砂漠に囲まれたオアシス都市だ。

日干し煉瓦で作られた家々の奥には高い壁があり、その向こうに宮殿がある。

宮殿内にある大図書室で、イシュドーラは巻き物を広げていた。

「ったく、どこにも書いてねえな……」

巻き物を元通りに巻き直すと、棚に戻して次の巻き物を手に取る。

アスラ国では、紙は貴重品だ。普段は粘土板や石板に文字を刻んでおり、貴重な記録だけが紙に書かれている。

高い脚立の上に座り込み、黙々と巻き物を漁るイシュドーラに、脚立の下から気弱な声がかけられた。

「王太子殿下、戦帰りでお疲れでしょうから、椅子にお座りになって下さい。私がご要望の巻物をテーブルにお運びいたします」

大図書室の管理人である青年が、申し訳なさそうな顔で言う。好戦的と言われる魔族だが、中には戦闘より書や学問を好む者もいる。この青年もそんな少数派のうちの一人だった。

イシュドーラは彼を一瞥（いちべつ）し、すぐに視線を巻き物に戻す。

「俺のことは気にするな」

「気にします！」

こんなところを陛下に見られたら、職務怠慢（たいまん）で殺される！　などと呟きながら、おろおろと歩き回る管理人。その足音がうるさかったので、イシュドーラは仕方なく彼に従うことにした。本棚から手近な巻き物を三つ引き抜いて、脚立から飛び下りる。

「そっちから左にある巻き物、全部持ってこい」

「畏（かしこ）まりました！」

管理人は嬉々として返事をし、脚立に足を掛ける。

命令されて喜ぶなんて変な奴だと思いながら、イシュドーラは閲覧（えつらん）用の長テーブルに巻き物をのせた。そこの椅子に座って巻き物を読み進める。

これでもないあれでもないと脇に積み上げていく中、管理人が新たな巻き物を置いていく。やがて彼は不思議そうに問いかけてきた。

「三日前にお帰りになって以来、ずっとこちらにこもっておられますが、いったい何をお探しなのですか？　私におっしゃって頂ければ、お力になれるかもしれません」

「……女神の封印についての記録を探してるんだよ。聖火を消す方法を知りたい」

「方法？」

「ああ。あの火を消すには、『聖なるものの一部』とかいうものが必要なんだとよ」

イシュドーラは一つの巻き物を巻き直しながら、やれやれと息を吐く。

何のことだか、全くもって分からない。王宮には滅多に近寄らないのだが、お陰で長逗留する羽目になっている。

苛立って黒髪をぐしゃぐしゃ掻き回していると、入り口の方から声がした。

「どうだ、イシュドーラ。はかどっているか？」

「親父殿！」

王の姿を目にしたイシュドーラはさっと席を立ち、その場に片膝をついた。管理人は泡を食って平伏する。

王はカツカツと靴音を鳴らし、剣を手に歩いてくる。今年で五十になるというのに少しも衰えた様子はなく、威厳に満ちていた。

手で立つように示されたので、イシュドーラはすぐに立ち上がる。

「はかどっているかといえば、全然だ。聖火を消すのに必要な『聖なるものの一部』ってのに、心当たりはないか？」

「あったらとっくに教えている。女神どもめ。小賢しい仕掛けをしてくれたな」

「ああ。魔法で消せれば楽だったのによ」

「しかし、我が息子よ。我は誇らしく思っているぞ。聖火のところまで辿り着いた魔族は、お前が初めてだからな。お前なら聖火もきっと消せるだろう」

「当然だ。だが、その消し方が分からねえことには、どうしようもねえ」

悔しげに顔を歪めるイシュドーラを見て、王は豪快に笑う。

「我はお前のそういうところが気に入っている。良い結果を期待しているぞ」

そう褒めたあと、王はイシュドーラに鋭い眼差しを向けた。イシュドーラが恭しく礼をとると、王は満足げに頷き、大図書室を出ていった。

(最後にプレッシャーをかけるのを忘れないところ、俺も結構気に入ってるぜ)

イシュドーラは王の威圧を快く思っている。王は自分よりも強く、従うに値すると再認識できるからだ。そうでなければ兄王子達同様、とっくに蹴散らしているだろう。王が自分より強くある限り、喜ばせてやりたいとも思っていた。

王がいなくなると、イシュドーラは仕事を再開することにした。その前に、足元で平伏したままぶるぶる震えている管理人を軽く蹴飛ばす。

書を好む貴重な人材でなかったら、もう少し手荒に扱うところだ。

「鬱陶しい、とっとと起きろ」

「もも申し訳ございません！」

慌てて立ち上がる管理人。彼はイシュドーラが脇によけた巻き物を集めて腕に抱えながら、困ったように呟いた。

「しかし、『聖なるものの一部』ですか。聖なるものといえば、私には聖竜くらいしか思いつきませんが……。いったいどんなものなんでしょうね」

「――それだ」

管理人の呟きを聞いて、イシュドーラはようやく気付いた。何故こんな簡単なことに気付かなかったのだろう。

「は？」

間抜けな声を出す管理人に、イシュドーラは未読の巻き物の山を示した。

「お前、この中から聖竜とドラゴンの導き手についての記録を選べ」

「は、はいっ」

急に命令されて慌てた管理人は、抱えていた巻き物を床にばらまいてしまった。だが、すぐにテーブルの上の山から該当する巻き物を一つ選び出す。

「聖竜についての記録は少なく、これしかありません」

「その方が探しやすくて都合が良い。ガキの頃、お袋から聞いた覚えがあるんだよ。確かドラゴンの導き手についての話で……」

イシュドーラはぶつぶつと呟きながら巻き物を広げ始め、やがて手を止めた。

「これだ。異世界とこちらを行き来するための鍵――聖竜の鱗（うろこ）！」

鱗は聖竜の体の一部と言える。イシュドーラは大声で笑い出したい気分だった。

「導き手は聖竜を育てた報酬として、聖竜の鱗をもらえるんだとよ。だったら話は簡単だ。あいつがこっちの世界に戻ってきた時に、それを奪えばいい」

「なるほど……！　聖竜から直に奪うのは難しいですが、人間相手なら難易度はぐっと下がります。さすがです、王太子殿下！」

管理人は頬を紅潮させ、赤い目を輝かせる。

「あいつもいずれ俺の物にする予定だったし、ちょうどいいな。――そうと決まれば、戦略を立てるか」

イシュドーラは急に席を立って、大図書室の出口に向かう。

「え？　殿下の物？　……ええ!?」

驚いた管理人は、立ち去るイシュドーラを追いかけようとして、先ほど自分がぶちまけた巻き物を踏んでしまう。

背後で彼が派手に転ぶ音を聞きながら、あれが部下だったらとっくに黒ドラゴンの餌にしているな、と呆れるイシュドーラだった。

◆

シャンデリアの煌びやかな明かりが、広々としたホールを照らし出す。床には赤い絨毯が敷き詰められ、壁には女神やドラゴンのレリーフが施されていた。

緩やかな楽器演奏をバックにして、豪華な衣装に身を包んだ人々が、話に花を咲かせている。

アクアレイト国の王城に到着して三日目となるこの日、クリームイエローのドレスで着飾った結衣は、目の前の客人に何度目か分からない挨拶（あいさつ）をした。

「ユイ・キクチと申します。どうぞよろしくお願いします」

降臨祭までの一週間、王城では毎日パーティーが開かれるらしく、今日がその初日だ。結衣はひっきりなしにやってくる人々を相手に、ひたすら笑顔を振りまいていた。

（これで何人目？　やばい、ほっぺたが引きつってきた……）

結衣は笑顔の裏で焦っていた。犬についての勉強以外では、結衣の記憶力はほとんど発揮されない。しかも、耳馴染（みみなじ）みのない名前ばかりなのだ。もはや、最初の一人すら顔と名前が合っているか怪しかった。

オスカーが付き添ってくれているが、そのうち大変なミスをしてしまうのではないかと、結衣は冷や冷やしている。

（っていうか、毎回同じ挨拶なんだけど、本当にこれでいいのかな？）

申し訳ない気持ちになるが、オスカーは特に注意しないし、客人達も気にしていないようだ。異世界から来た珍しい人間に会えるだけで満足してしまい、会話の内容などどうでもいいのかもしれない。

（これがあと一週間も続くなんて、なかなかの試練ね）

毎日パーティーに出る必要はないが、ドラゴンの導き手に会いたがっている人が多いので、出来れば短時間でも顔を出して欲しいとのことだった。

慣れないコルセットが苦しく、じわじわと体力を削られる。身に着けているアクセサリーが重いのもいけない。世の中の貴婦人達がとても苦労しているということがよく分かった。

そんなことを考えているうちに、人の列が途切れた。結衣はほっと息を吐き、何気ない風を装って辺りを見回す。

花やドラゴンを象った彫刻があちこちに飾られたホールは、色々な国から集まった王族や貴族などで溢れかえっている。中世ヨーロッパを思わせる服装をした人もいれば、アラビアンナイトに出てきそうなターバンを巻いた人もいて、結衣は好奇心を刺激された。

ホールはかなり広く、百人近い人々がいるのにまだ余裕がある。白いクロスがかかった丸テーブルがいくつも置かれ、壁際の長テーブルにはご馳走が並んでいた。飲み物の入ったグラスを盆に載せた給仕が、客人達の間を魚のように泳ぎ回っている。

皆とても楽しそうで、ホールは活気に満ちていた。

「ユイ様、口が開いています」

「うっ、ごめんなさい！」

オスカーに指摘され、結衣はすぐに口を閉じた。少し暇が出来るとついぽかんとしてしまい、そのたびにオスカーに注意されている。これで何回目だろう。

「そんなに面白いですか？　リヴィドール国のパーティーより規模は大きいですが、それ以外は似たようなものでしょうに」

オスカーは無愛想な顔のまま、不思議そうに訊いた。傍に控えているディランに指先だけで合図し、ジュースを取ってこさせると、それを結衣に渡してくる。

結衣はジュースのグラスを受け取りながら、苦笑いを浮かべた。

「私にとっては見慣れないものばかりなんですよ。特にあれとか……」

結衣はホールの中央を目で示す。

色とりどりのドレスを着た女性達が集(つど)っており、見ているとチカチカしてくる。その中心にはアレクがいた。パーティーの開始直後、あっという間に女性達に囲まれたのである。

彼女達よりも背が高いアレクが、一人一人に丁寧に挨拶(あいさつ)を返している様子がよく見える。完全に、ファンに取り囲まれる芸能人の図だ。

（さすがはイケメン）

ごくりと唾を呑み込む結衣に対し、オスカーは平然としていた。

「あれもいつものことです」

「そ、そうですか……」

戸惑いながらも頷く結衣に、ディランが問う。

「ユイ様は、お気になさらないんですか？」

「え、何を？」

「恋人が他の女性達に囲まれているのを見て、悔しいとか失礼な人達だとか、思われないのかなあと」

「思いませんよ。あんなに格好良いんだから、モテて当然じゃないの」

結衣の言葉に、オスカーが大きく頷く。

「容姿端麗、温和で物腰が柔らかく、聖竜の盟友であり国王でもある。おモテにならないはずがありませんね」

「でしょ？」

結衣も大きく頷いた。

「えっ、そんなものなんですか？　モテても仕方ないと思っていても、嫉妬するのが普通かと思っていました」

意外そうに呟くディラン。

(ディランさんの元カノって、嫉妬深い人が多かったのかな……)

結衣はつい邪推してしまった。

そんな話をしていると、目の前に新たな客人がやって来たので、結衣はそちらに対応する。三人の相手をしたところで、アレクが戻ってきた。

「ユイ、一人にしてしまって申し訳ありません」

眉尻を下げて謝るアレクに、結衣はとんでもないと両手を振る。

「オスカーさんやディランさんが一緒ですから、大丈夫ですよ。それより大変ですね。いつもあんなに挨拶を？」

「いいえ、まさか。ここまで多くの方々にというのは滅多にありません。聖竜の盟友に選ばれてしまった有名税みたいなものですよ。皆さん、私が物珍しいのでしょう」

アレクはそう言って困り顔になった。

(いや、たぶん盟友でなくても、ああなってたと思うけど……)

結衣はそう思ったが、ひとまずツッコまないでおくことにした。

「ユイも疲れたでしょう、少し休憩しませんか?」

「してもいいなら、是非」

結衣とアレクは揃(そろ)ってオスカーを見つめた。するとオスカーは、仕方ないという風に頷く。

「……分かりました。どうぞ休憩なさって下さい。私はこちらに残ります。——ディラン」

「はっ! 陛下、ユイ様、談話室にご案内いたします」

騎士の礼をとるディランについていくと、ホールの出入り口のところでリディアと出くわした。

彼女は深緑色のドレスの裾(すそ)を持ち上げてお辞儀をする。

「こんにちは、ご機嫌いかがですか? 何かご不便などありませんでしょうか」

リディアはそう言って、にっこりと微笑んだ。通った鼻筋や切れ長な目が特徴的な彼女は、綺麗すぎて冷たく見えるが、笑うと優しげになる。

アレクは礼を返してから答えた。

「お気遣いありがとうございます。何不自由なく過ごしていますよ」

そこでリディアがちらりと結衣を見たので、またもや彼女に見とれていた結衣は、慌てて頷いた。

「わ、私もです。ありがとうございます」

「そうですか、良かったですわ。何かありましたらいつでもおっしゃってね。——ああ、そうだわ」

リディアは両手を胸の前で合わせ、アレクをじっと見つめて小首を傾げる。

「アレクシス様はドラゴンが大変お好きだと伺っています。もしよろしければ、お時間がある時に竜舎を見に行きませんか？　我が国自慢のドラゴン達をご覧に入れますわ」

「アクアレイト原産の、水種のドラゴンですね。ええ、是非」

アレクは嬉しそうに返してから、結衣に説明する。

「この国のドラゴンは飛ぶことも出来ますが、泳ぐ方が得意なのだとか。私もまだ見たことがないんです。ユイも一緒に見に行きましょう」

「いいんですか!?　面白そうですね。どんなドラゴンなんだろう」

「リディア姫、予定を調整次第、お声がけいたします」

「ええ、分かりました。いつでもお知らせ下さいませ」

リディアは微笑みながらそう返すと、「わたくしはこれで」と言ってその場を離れる。

去り際のリディアから睨(にら)まれたような気がして、結衣はきょとんとした。

(気のせいかな？　うん、きっとそうだよね。お姫様が綺麗すぎて、きつく見えただけかも)

リディアに睨まれるようなことをした覚えはないので、結衣は自分の見間違いだろうと結論付けた。無意識に首を横に振る結衣に気付き、アレクが問う。

「ユイ、どうかしましたか？」

「え？　いえ、何でもないです。行きましょう」

結衣は頭を切り替えると、再び談話室に向かって歩き始めた。

◆

聖竜教会に忍び込もうと決めたフィアだが、実際に出かけるまでに三日かかった。生まれてこの方、住処（すみか）を出たことがない。外は危ないから勝手に出てはいけないと両親から常々注意されていたので、怖い想像ばかりしてしまったのだ。

それでもどうにか出てみると、そこにあったのはあちこちに篝火（かがりび）が焚かれた薄暗い通路だった。住処とあまり変わらない光景に少し拍子抜けしたが、通路には人間達が並んでいた。こちらを指差して、何か騒いでいる。フィアは彼らを恐れて通路の端（はし）を走り、奥へと向かう。

やがて目の前に現れた聖竜教会の建物は、真っ白で綺麗だった。壁には女神やドラゴン、草花などが彫り込まれていて、篝火の明かりの中にぼんやりと浮かび上がっている。

聖竜はその建物の前で休んでいるとシムドが言っていたが、そこに聖竜の姿はなかった。

(中にいるのかな？)

人間達が列を作って、建物の中へ入っていく。逆に出てくる人々もいた。教会内は明るいので、出入り口から奥まで見通せた。だが、そこにも聖竜はいなかった。

(お留守なんだ。せっかく来たのにな)

フィアがうなだれていると、誰かが声をかけてきた。

「あなた、もしかして聖竜様を探しているの？」

「ビャッ」

びっくりして飛びのいたフィアは、派手に地面を転がった。後ろ向きに勢いよくごろごろと転がるフィアを見て、声の主も驚いたらしく、小さな悲鳴を上げる。

「きゃっ、驚かせてごめんなさい！」

起き上がったフィアは、声の主を見て落ち着きを取り戻す。真っ白なワンピースを着ているので、シムドが安全だと言っていた聖竜教会の神官だろう。

女性神官はゆっくりしゃがみ込むと、優しく話しかけてくる。

「聖竜様はね、岩山の下にある、お城に行きましたよ。薄暗い洞窟の中に居続けるのは、あの方の性(しょう)に合わなかったみたい」

「ピャア……」

フィアにはとても居心地の良い洞窟だが、聖竜にとってはそうではないらしい。薄暗くて湿っていて気持ち良いのになあと思ったあと、フィアは目を丸くする。

（えっ⁉　今オシロって言ったよね？　オシロの方にいるなんて……！）

フィアは眩暈(めまい)がした。

洞窟の外に、オシロという場所があるのはフィアも知っている。人間の群れの長が住んでいる場所だと、他の子ども達が噂していたからだ。長は年に何度か聖竜教会にやって来る、キラキラした服を着た男で、『オウサマ』と呼ばれているらしい。

オシロはフィア達の住む岩山のすぐ下にあるという話だが、生まれてから一度も洞窟を出たことがないフィアにとって、洞窟の外は未知の世界であり恐怖そのものだ。

（ここに来るのだって、すごく勇気が要ったのに……）

聖竜教会に来ただけでもこうなのに、果たして外なんかに行けるのだろうか。

フィアは不安になったけれど、頭をぷるぷると振って嫌な考えを追い払う。

（弱虫が直るなら、頑張りたい……！）

意を決して、フィアは女性神官を見上げた。そしてお礼の気持ちを込めて鳴く。

「ピャッ！」

「もしかして、ありがとうって言ってくれてるのかしら？　どういたしまして。気を付けておうちにお帰りなさい」

女性神官の優しい言葉に流され、そのまま住処に帰りたくなったが、そういうわけにはいかない。

体はぶるぶる震えていたけれど、フィアは小さな足で懸命に駆け出した。


洞窟の外はとても眩しかった。

空の広さに心を奪われたフィアは、岩山の上から周りを見回す。

岩山のすぐ下には小さな森があり、その向こうに白い石造りの建物があった。シムドがオシロは白いと話していたから、たぶんあれだろう。

「あーっ、ドラゴンの子どもだ！」

その人間の声に驚いて、フィアは後じさった。小さな人間の子どもが、親に手を引かれて立っている。聖竜教会への巡礼者だろう。

フィアはそちらを見て初めて、オシロの方へ下る緩やかな山道があるのを知った。だが、下へ行くには時間がかかりそうだし、人間が列を成していて怖い。

フィアはそこを通らず、崖を伝い下りる方を選んだ。

かなりの急斜面だが、フィアにとって足掛かりになりそうな箇所は充分にある。人間には下りるのは無理だから、追いかけてこないだろう。

とにかく人間から離れたい一心で、フィアは岩山の急斜面を駆け下りた。

初めて嗅ぐ森のにおいにビクビクしながらも、必死に走る。白い建物に近付くと、その周りにもたくさんの人間がいた。

フィアは物陰から聖竜の姿を探すが、どこにも見当たらない。

きょろきょろと辺りを見回していたら、ふいに食べ物のにおいがした。ふんふんと鼻先を突き出して嗅ぐと、においは建物の中から漂ってくるのが分かる。

フィアのお腹が、クゥと切ない音を立てた。

（お腹空いたなあ）

一瞬、シムドの顔が頭に浮かんだ。だが、フィアは頭を振って追いやる。聖竜に会ってからでないと帰るわけにはいかない。

そう思いつつもお腹が空いてどうしようもないので、建物の中にこっそり入り込んだ。そして食べ物が置かれた、大きなテーブルの下に潜り込む。

テーブルの下から周囲の様子を窺い、人間に見つからないようにテーブルの上に飛び上がる。そして木の実を一つくわえると、素早くテーブルの下に戻った。

(聖竜様、どこにいらっしゃるのかなあ)

甘い木の実を頬張りながら、フィアは考え込む。この建物は、聖竜には狭すぎると思うのだけど……と思っていると、突然、人間の甲高い叫び声がした。

◆

休憩を終えた結衣達は、ホールに続く廊下を歩いていた。結衣はアレクを見上げ、さっき飲んだばかりのお茶の感想を口にする。

「この国のお茶っておいしいですね」

「アクアレイト国には各国から巡礼者や行商人がやって来るので、珍しい品やおいしい食材が自然と集まるのだそうです。先ほどのお茶は、南方で採れる貴重な品種なのだとか」

「お茶の中に、お花が入ってましたもんね」

結衣がおいしいだけでなく見た目も綺麗なお茶を思い出していると、ホールの中から女性の甲高い悲鳴が聞こえてきた。

「えっ、何?」

「陛下、ユイ様、お下がり下さい！」

警戒したディランが結衣とアレクの前に出る。

結衣はディランの肩越しに、ホールの中を覗き込んだ。するとご馳走がのった長テーブルの傍で、ピンク色のドレスを着た貴婦人が尻餅をついていた。

「いかがなさいましたか!?」

すぐさまアクアレイトの衛兵が二人駆けつけ、女性に問いかける。衛兵の一人が女性を助け起こすと、彼女は震える指先で長テーブルを示した。

「あのテーブルの下に、何かいますわ！」

引っくり返った声で主張する女性の顔は、恐怖に引きつっている。

確かに彼女の言う通り、テーブルクロスの裾が不自然に丸く盛り上がっていた。

女性を助け起こした方の衛兵が、もう一人の衛兵に頷いて合図する。合図された方の衛兵は、左手に警棒を構え、テーブルクロスをそっと持ち上げた。

「……え？　ドラゴンの子ども？」

彼は呆然とした表情で呟く。

長テーブルの下では、ドラゴンの子どもが金色の目を見開いたまま固まっている。赤い鱗に覆われていて、あどけない雰囲気があった。

遠巻きに見ていた客達がざわつき始める。

二人の衛兵は戸惑った様子で顔を見合わせた。

「何故、こんなところにドラゴンが……」

「分からないが、とにかく保護しないと。……あっ！」

一人の衛兵が捕まえようと右手を伸ばしたら、子どもドラゴンはビクッと飛び上がった。テーブルの天板に頭を打ったのか、「ゴッ！」という鈍い音が響く。

次の瞬間、子どもドラゴンは駆け出した。

「あっ、待て！」

衛兵の手をかいくぐり、長テーブルの下を走り抜けて、反対側からホール内へ飛び出す。

驚いた女性が悲鳴を上げて飛びのいたり、給仕の男性が子どもドラゴンをよけた拍子にグラスを落として割ってしまったりと、会場内は大騒ぎになった。

慌てた衛兵が子どもドラゴンのあとを追いかけ、羽を掴もうと飛びかかる。

「ピウーッ！　ピャウ、ピャーウ！」

甲高い鳴き声を上げながら、その手から逃れる子どもドラゴン。小さな足を動かし、必死に駆けていく。どうやら飛ぶことは出来ないらしいが、逃げ足はとても速かった。

それを見ていたアレクが、ふと気付いたように言う。

「四本角……！　大型ドラゴンの子ですね」

「あの子、怖がってます！　助けないと！」

「ええ。それに、親が野良ドラゴンだったら大変なことになります！　子どもの悲鳴を聞いて、ここへやってくるかもしれません！」

子どもドラゴンはホールの奥にあるガラス扉へ向かい、開いていたそこから外へ飛び出す。

結衣とアレクは、ほぼ同時に駆け出した。

「陛下、ユイ様!? ――お前達、すぐに追いなさい！」

「はっ!!」

オスカーの命令を受け、傍に控えていた二人の近衛騎士が勢いよく走り出す。

彼らを見送ると、オスカーは背後にいるディランを振り返った。

「ディラン、あなたは行かないのですか？」

「宰相閣下。自分で言うのもなんですが、ドラゴンに関しては、私は役立たずです。近衛の方々にお任せするべきかと……」

青ざめた顔を気まずそうに逸らしながら、ディランは答える。オスカーは小さく溜息を吐いた。

「……分かりました。では、ここで私の護衛でもしていて下さい」

「喜んで！」


子どもドラゴンを追いかけてホールの裏にある大庭園へやってきた結衣は、あまりの広さに呆然とした。

四角や丸に刈り込まれた低木は葉が落ちて枝だけになっており、そこへ雪が積もっている様は、まるで真っ白な図形のオブジェが立ち並んでいるようだ。

どこから探せばいいか見当もつかず、アクアレイト国の兵士達が走り回るのを眺めていた結衣に、アレクが小声で言った。

「ユイ、あそこです」

彼の指は、大庭園の左奥を示している。

「あっ」

そちらを見た結衣は、思わず上げかけた声を慌てて呑み込んだ。

低木の陰を、子どもドラゴンが姿勢を低くして移動している。その赤い体は雪景色の中でとても目立っているが、兵士達はまだ気付いていないようだ。

結衣とアレクは足音を忍ばせ、子どもドラゴンにゆっくりと近付く。そして、アレクが声をかけようと口を開いた時だった。

「陛下、導き手様ーっ！　ご無事ですかーっ！」

追ってきた近衛(このえ)騎士の大声に驚いた子どもドラゴンは、植込みの中に飛び込んでしまった。

「あーっ！　あとちょっとだったのに！」

「君、驚かせては駄目だろう」

嘆く結衣と、近衛騎士に注意するアレク。その近衛騎士は「申し訳ありません！」とまたもや大声を出したので、同僚に肘(ひじ)で小突(こづ)かれていた。

「あの子、いったいどこに……。あっ、アレク、あっちです！」

子どもドラゴンが、結衣達が泊まっている離宮の方へ駆けていくのが見える。

「行きましょう」

そのアレクの声を合図に、結衣達は再び走り始めた。

動きにくいドレスとハイヒールで、うんざりするくらい走った頃、結衣は足を止めた。子どもドラゴンの姿を完全に見失ったのだ。

肩で息をするたび、空気が白く染まる。改めて周りを見回すが、あんなに目立っていた赤色がどこにも見当たらない。

「確かにこちらに来ましたよね?」

「ええ、私にもそう見えました」

結衣達は今、自分達が宿泊している離宮の前にいた。離宮の小さな庭には、石で出来た女神像や噴水が置かれており、それらにも雪が積もっている。

結衣達は離宮の裏に回った。離宮の裏は広々とした野原のようになっている。乗馬を楽しむために造られたらしく、ぽつぽつと木が植えられ、奥の方には小さな森があった。

その広大な原っぱで、丸くなってうたた寝をしているソラを見つけ、結衣は声を上げる。

「あ……!　ソラ、どうしてここにいるの?　昼間は聖竜教会にいるんじゃなかったの?」

『むぐ!?　んー?』

いきなり声をかけられて驚いたのか、ソラはビクッと頭を持ち上げると、寝ぼけ眼(まなこ)で結衣を見下ろした。

ソラは寝起きのぼんやりした声で問う。

『何だ、ユイ』

「どうしてここにいるの?」

結衣はもう一度同じ質問をした。

ソラが聖竜教会に泊まったのは初日だけで、翌日からはこの場所で眠るようになった。結衣の傍にいた方が落ち着くから、だそうである。だが、聖竜に拝礼したいという客人が多いので、日中は教会にいるはずだった。

『我はあの場所があんまり好きではなくてな、居心地が悪いので出てきた。我は日なたにいるのが好きなのだ。洞窟にずっとこもっていると、苔が生えそうだ』

「我が国にある聖竜の寝床は日射しが入りますからね」

ソラの言い訳に、アレクが納得した様子で深く頷いている。

『我を見たいという客人がいたら、ここに来させるよう教会に言ってある。問題なしだ』

「そうかなあ？」

問題ないのかどうかは疑問だが、結衣が何を言ってもソラは聞き入れなさそうだ。結衣はソラの説得を諦め、自分の用事を片付けることにした。

ソラを見上げて、手振りを交えながら質問する。

「ねえ、ソラ。こっちに小さなドラゴンの子が来なかった？　これくらいの大きさで、赤くて、四本角で――」

『ん？　もしやこれか……？』

ソラはそう言って、自分の尾を持ち上げてみせる。

「ピャウーッ！」

まるで鳥の鳴き声のような、甲高い悲鳴が上がった。なんとソラの尾の先に、あの子どもドラゴンがくっついている。

子どもドラゴンが怖がって何度も鳴くので、結衣はソラに抗議した。

「こらーっ！　ちっちゃい子をいじめないの！　早く下ろしなさい！」

『す、すまぬ！　だが、いじめたわけではないぞ！』

必死に言い訳しながら、ソラは尾をゆっくりと地面へ下ろす。結衣とアレクはすぐそちらに駆け寄った。

ソラの尾にしがみついたまま動かない子どもドラゴンを眺めて、アレクが微笑む。

「特に怪我はないようですね」

「良かったー」

結衣はほっとした。そして、改めて子どもドラゴンを観察する。

ルビーのような赤い鱗と、コブ状の白い四本角、蝙蝠に似た羽を持っている。飛膜の部分は黒く、体の大きさは中型犬くらいだ。

「可愛いなあ。ソラの小さかった頃を思い出しちゃう」

思わず頬を緩ませる結衣に、ソラが鼻息荒く言い返す。

『我の方が、もっと可愛かった！』

ソラの大人げなさに結衣は笑い、アレクもくすくすと笑みを零しながら頷く。

「ええ、確かに可愛かったですね」

ソラはアレクを青い目で疑わしげに睨む。

『本当か？　嘘くさい』

そうぼやくと、ソラは子どもドラゴンにぐっと顔を近付けた。

『それで、ちまいの。いつまで我の尻尾にしがみついているつもりだ？　そなた、聖火を守る番竜の一族の子だろう。何故こんなところにいる？　親が心配するぞ』

「ピャーウ……」

子どもドラゴンはぷるぷる震えながら、か細い声で鳴く。その鳴き声を聞いたソラは片眉を跳ね上げ、怪訝な表情で沈黙した。

結衣はソラを見上げて問う。

「おチビちゃん、何だって？」

『……聖竜様に会うまで帰らない、だそうだ』

それを聞いて、結衣とアレクは顔を見合わせた。結衣が子どもドラゴンに声をかける。

「おチビちゃん、あんたが今しがみついてるの、その聖竜なんだけど……」

恐々と顔を上げた子どもドラゴンは、すぐ近くにあったソラの顔を見て目を丸くする。そして叫ぶように鳴くと、ソラの尾から転がり落ちた。

「ピャウ？　……ピャー！」

子どもドラゴンは体を丸めてころんころんと地面を転がり、パタッと仰向けに倒れる。

そのままぴくりともしなくなった子どもドラゴンに、アレクがそっと近付き、覗き込む。

「……気絶していますね」

「えー!?　もう、ソラが脅かすからーっ!!」

『なっ、我が悪いのか!?』

納得がいかない様子のソラをよそに、結衣達は子どもドラゴンが目を覚ますまで、傍で見守ることにする。遅れてやってきたアクアレイトの兵士達にそう説明すると、彼らは了承して宮殿に戻っていった。


「ピャウ……？」

小一時間ほど経った頃、子どもドラゴンはようやく目を覚ました。

「あ、起きた！　おチビちゃん、大丈夫？」

「ビャッ！」

子どもドラゴンは結衣を見て驚いたようだが、今度は逃げなかった。結衣の横から覗き込むアレクに目が釘付けになっている。

(アレクの美貌はドラゴンにも通じるのね……！)

思わず感心する結衣。

一方、子どもドラゴンを驚かせないようにと、少し離れたところに追いやられたソラは、不満そうにうなった。

『なんだか納得がいかぬ……』

アレクは、優しく微笑んで首を傾げる。

「君が会いたがっていた聖竜がそこにいるんだけれど、お話しできそうかな？」

「ピゥ！　ピャウ！」

子どもドラゴンは元気良く返事をする。どうやらこのドラゴン、人間の言葉は話せないものの、意味は理解しているらしい。声色が明るいので、大丈夫と言っているように結衣には思えた。

子どもドラゴンは、ゆっくりとソラの方を見て、金の目を輝かせる。そして、たたっと勢いよく駆け出した。ソラの前に辿り着くと、頭を下げて大声で鳴く。

「ピゥ――ッ！」

いったい何なのだろうか。結衣とアレクが揃ってソラの方を見ると、ソラは先ほどと同じく怪訝そうに眉をひそめ、尾をぶんっと振る。

『……聖竜様の弟子にしてくれ、だそうだ』

「は？」

「弟子、ですか？」

子どもドラゴンの思わぬ頼みに、結衣達は呆気にとられた。

子どもドラゴンの名前は、フィアというらしい。

夜闇の神ナトクの封印の要である聖火を守る、番竜の長の息子だという。

フィアの自己紹介を聞いたアレクは、フィアに優しく問いかける。

「君はどうしてソラの弟子になりたいのかな？」

子どもドラゴンはピャアピャアと鳴いて返事をした。ソラがすぐに通訳する。

『皆を守れるくらい強くなりたいんです！　だそうだ』

「皆を守れるくらい？　まだ赤ちゃんなのに、そんなことを願うなんて……何かあったの？」

子どもドラゴンの様子から必死さが伝わってきたので、結衣はどうにか力になってあげたいと思い、両手を強く握りしめていた。

ソラが、ふと思い出したように呟く。

『もしや、この間の襲撃に関係しておるのか？』

「え？　この間の襲撃？」

結衣には何の話か分からず、ソラの言葉を繰り返した。

「……ソラ」

アレクがソラの名前を呼ぶ。彼にしては珍しく、声に咎めるような響きがあった。

『うっ』

明らかに『しまった』という顔で、ソラがそっぽを向く。

「え？　アレクも知ってるんですか？　私にも教えて下さいよ、こんなちっちゃい子が頑張らなきゃいけない理由！」

「うーん……」

アレクは困り顔をして空を仰ぐ。これは教えてくれなさそうだ。そんな気配を察知した結衣は、ソラを振り返る。だが、ソラも頑なに目を合わせようとしない。結衣が近衛騎士達を見ると、彼らも気まずそうに目を逸らした。

明らかに何か隠している。

（この子は、聖火を守る番竜の一族の子なんだよね？　きっと少し前に、この子達が守ってる場所が襲撃されたんだ。でもいったい誰に……？）

そこまで考えた結衣は、聖火を守っている聖竜教会が、王城の裏にあると聞いたことを思い出した。そちらを見ると、広大な庭の向こうに岩山がそびえている。

フィアは強くなりたいという一心で、あんな場所からここまで一匹で来たのだ。

「分かりました。教えてくれないんだったら、聖竜教会に訊きに行きます！　もし聖竜教会に関係することなら、きっと私にも関係があるはずですし」

気になるなら行動するのみだ。

結衣は体力にだけは自信があるので、岩山を登ることに迷いがなかった。すぐに離宮の自室に向かい、ドレスの上に防寒着を羽織ってくると、それじゃ！　とばかりに歩き出す。

「ちょっと待って下さい！」

アレクが慌てて結衣の前に回り込んだ。結衣はやむなく足を止める。

「ユイ、教えますから、落ち着いて下さい」

「本当ですか!?　良かった、正直ハイヒールで登山はしんどいかなって思ってたので」

「それ以前に、徒歩で行こうなんてよく思えますね……」

近衛騎士の一人が目を丸くして言う。

「だって私、頭悪いですもん。考えたってどうせ分からないから、知ってる人に訊きに行った方が早いです。それにいくら遠いといっても見えてるんですから、歩いてればそのうち着きます！」

結衣がきっぱり答えると、ソラがうなった。

『すごいぞ、ユイ。やはりその辺の娘とは一味違う。だが、どうしてそんなにやる気に溢れているのだ？』

「その子の手助けをしてあげたいからに決まってるじゃないの」

『……それだけか？』

「それ以外に何があるの？」

結衣は首を傾げる。ソラが何を疑問に思っているのか、よく分からない。

そこでアレクが苦笑しながら右手を上げた。

「とりあえず、説明しましょう。三週間前、あの岩山の上にある聖竜教会が、魔族達に襲撃されました。指揮を執(と)っていたのは、あなたも知っている人物です」

「私が知ってる……？」

結衣は自分が知っている魔族を思い浮かべた。

褐色(かっしょく)の肌に尖(とが)った耳、黒髪と金色の目をした王子の顔が真っ先に浮かぶ。

自然としかめ面(つら)になってしまった結衣は、アレクに問う。

「もしかして、あの危ない王子ですか？　えっと、イが最初につく！」

「イシュドーラ・アスラ。正しくは王太子です」

「そう、それです。それ！」

アレクの言葉に、結衣は勢い込んで頷いた。イシュドーラなんて馴染(なじ)みのない名前なので、『イ』しか覚えていなかったのだ。

あの王太子のことを思い出すと、ふつふつと怒りが湧いてくる。黒ドラゴンの檻(おり)に放り込まれたのは、絶対に忘れられない。

（普通すぎてつまらない上に、美人でもなくてがっかりって言われたことも忘れてないわよ！）

同時に、黒ドラゴンの檻の中で過ごした数日間の恐怖も蘇(よみがえ)る。あの時は結局、黒ドラゴン——オニキスを味方につけて一緒に逃げることが出来たけれど、あんまり楽しい思い出とは言えない。

（しかも去り際、聖竜と私を手に入れるとか宣言してたよね、あの人！）

全くもって迷惑な話だ。平凡な結衣を手に入れてどうしたいのか、未だに謎ではあるが。

赤くなったり青くなったりしている結衣を見て、アレクは悲しげな顔をした。

「あなたに襲撃のことを話したら、以前さらわれた時のことを思い出すだろうと思い、黙っていたのです。大丈夫ですよ、ユイ。私やソラがついていますから」

「は、はいっ。心配してくれてありがとうございます。でも、そんな顔をしないで下さい。無理に聞き出してしまってごめんなさい……！」

結衣はあわあわと落ち着きなく謝った。

「でも、あの人達、どうやって乗り込んできたんです？　アスラ国ってリヴィドール国のすぐ隣にあるんですよね？　ここまでは随分距離がありますけど」

「ユイ、あちらに山脈があるのが見えますか？」

アレクは聖竜教会が立つ岩山よりも遠くを指差す。そこに青い山脈が見えたので、結衣は頷いた。

雪化粧をした山脈は悠々とそびえ立ち、ここから見ても力強さに満ちている。

「あの北の大山脈の西側はアスラ国まで延びています。彼らはあの山脈からこの国に潜り込み、ドラゴンや転移魔法も駆使して兵をここまで移動させた、というのがアクアレイト国の見解です。ドラゴンに乗ったアスラ兵達があの山からやってきたという目撃証言もありますが、あの国へ通じる抜け道がどこにあるのかは分かっていません」

「ええ!?　それって怖くないですか？　その抜け道がどこにあるのか分からないってことは、また不意打ちされるかもしれないんですよね？」

「そうですね。ですから、その襲撃以来、山脈の警備が強化されています。不意をつかれる可能性は低いでしょう」

アレクがきっぱりと言い切ったので、それほど心配しなくてもよさそうだと結衣は思った。

アレクはフィアを、労(いたわ)しそうに見つめる。

「魔族との戦闘で、番竜達の半数が亡くなったそうです」

「ピャウ、ピゥー！」

『その時に母親が亡くなったそうだ』

「えっ」

衝撃的な事実を知り、結衣は目を丸くした。

（こんなに小さいのに、お母さんを亡くしたなんて……）

今もすごく辛いだろう。それなのに、仲間を守るために強くなろうとしている。フィアの健気(けなげ)さに、結衣の胸が熱くなった。

「ピャアピャウピーゥ」

『その事件の時に何も出来なかったせいで、他の子どもらから弱虫と呼ばれているのか。なるほど。それもあって強くなりたいと思ったのだな？』

「ピゥッ！」

真ん丸な目を輝かせて、フィアはソラを見上げた。

背伸びをする小さなドラゴンの姿がいじましくて、結衣は目を潤(うる)ませる。これはもう応援するしかないと思い立ち、結衣もソラを見上げた。

「ソラ、私からもお願い。先輩ドラゴンとして、この子の訓練をしてあげて！」

頼むから引き受けてあげて欲しいという気持ちを込めて、ソラをじっと見つめる。すると、ソラはにっと笑って大きく頷く。

『よし、ユイにも頼まれたことだし、努力する奴は好きだからな。喜んで特訓してやろう！　頑張るぞ、ちまいの！』

「ピャウー！」

フィアは嬉しそうに声を上げ、興奮した様子で羽をバサバサと動かす。結衣も一緒になって喜んだあと、感慨深い気持ちになって息を吐いた。

「ソラが師匠かあ。立派になったねえ」

「ええ、本当に。ついこの間までフィアと同じくらい小さかったから、不思議な感じがしますよ。ところでソラ、いったいどんな訓練をするんです？　念のために言っておきますが、番竜は太陽神の加護を受けているとはいえ、それ以外は普通のドラゴンですよ？」

不安そうなアレクに対し、ソラは自信たっぷりだ。

『もちろん分かっているぞ。要は子どもの頃の我がしたのと同じことをすればいいのだ。任せておけ！』

力強く言い放ち、ソラは首を大きく反らした。

◆

『では、さっそく特訓を始めようか』

ソラがそう言った時、奇妙な音が響いた。

——キュルルルル。

そのなんとも情けない音がフィアのお腹から聞こえていると気付いた結衣は、笑いをこらえながら訊(き)く。

「フィア、お腹が空(す)いてるの？」

「ピゥ……」

耳をぺったりと寝かせ、フィアは元気のない声で返す。雲だらけの空を見上げたアレクが、太陽の位置を確認して言った。

「もうお昼ですね。特訓に入る前に、昼食を取りましょうか」

「それは良いですね。私、フィアのために何か食べ物と、それから水を持ってきます。……あっ！ついでに私、着替えてきますね」

たった今気付いたのだが、走り回っているうちに、ドレスの裾(すそ)が雪と泥で汚れてしまっていた。クリームイエローのドレスの裾が茶色くなっており、しかも水を吸ったせいで重い。早めにどうにかしないとアメリアに怒られそうだ。

「ああ、私も着替えないといけませんね」

自分のズボンの裾も似たような状態になっていると気付いたアレクが、苦笑を浮かべる。

「そういえば、パーティーを抜け出してきたんですよね。そろそろオスカーがやきもきし始める頃です」

困ったような口ぶりだが、アレクはどこか楽しそうだった。

「こうなったら、晩餐会(ばんさんかい)までサボってしまいましょう」

「えっ、サボる⁉」

驚く結衣に、アレクは悪戯(いたずら)っぽい笑みを浮かべて訂正する。

「いや、正しくは『息抜き』ですね。番竜はアクアレイト国にとって大事な存在ですから、聖竜と一緒に番竜の子を訓練していたと言えば許してもらえるでしょう」

そう結論を出すなり、アレクは近衛(このえ)騎士の一人にオスカーへの伝言を託(たく)す。すると近衛騎士はすぐにホールへ向かった。

「いいんですか？　アレク」

パーティーは大事な外交の場だと、馬車の中でオスカーから教わった。だから結衣は心配して尋ねたのだが、アレクは問題ないと言う。

「降臨祭まであと六日もありますから、今日くらいサボっても大丈夫ですよ。それに、今日はもう充分たくさんの方々に挨拶(あいさつ)しましたからね」

「まあ、そうですけど……」

確かに、結衣自身もたくさんの人に挨拶した。何人にしたのか覚えていないくらいだ。

(あれだけの人に囲まれると、さすがのアレクでも疲れるのかな)

結衣は一瞬そう考えたが、アレクは疲れているようには見えなかった。結衣がその涼しげな横顔を眺めていると、それに気付いたアレクがにっこり微笑んでみせる。

(アレクが大丈夫って言ってるんだから、まあいっか。もし問題があるなら、オスカーさんが呼びに来るよね)

結衣にはこの世界の礼儀はよく分からないので、そう思うことにした。

そして、フィアに声をかける。

「じゃあ、ごはんと水を持ってくるね。ごはんはお肉でいい？」

「ピャッ」

こくんと大きく頷くフィア。

(マーリーのお肉で大丈夫かな？)

リヴィドール国では、マーリーという魔物の肉をドラゴン達に与えている。結衣はさばく前のマーリーをまだ見たことがないが、鳥の姿をしているそうだ。この世界ではよく見かける魔物だというから、きっとアクアレイト国にもいるだろう。

『ユイ、我も！』

ずいっと身を乗り出し、ソラも食事を要求する。

「分かったよ、持ってくるから、ちょっと待っててね」

「ユイ、ソラ達の食事は彼に頼むので大丈夫ですよ。君、よろしく頼みますね」

アレクが近衛騎士に声をかけると、彼は紅潮した顔で敬礼する。

「はっ、光栄であります！」

何がそんなに嬉しいのだろうと結衣が不思議に思っていたら、アレクが理由を教えてくれた。

「聖竜の食事は、基本的に聖竜教会の神官が用意します。兵士が食事の用意をする機会なんて滅多にないんですよ」

「私は大変な果報者です。必ずや質の良い肉を手に入れてまいります！」

鼻息荒く宣言する近衛騎士に、ソラはのんびりした口調で言う。

『我は果物が良い。肉はこのちまいのに頼む』

「はっ、畏まりました！」

敬礼する近衛騎士を横目に、アレクが離宮を示す。

「では参りましょうか」

「はい、そうですね」

そう答えて、結衣はアレクと共に歩き始めた。

◆

ドレスを汚してしまったことで、結衣はやっぱりアメリアに叱られた。

結衣が事情を話すと分かってくれたが、アメリアは大きな溜息を吐く。

「残念ですわ。こちらのドレスは、ユイ様にとてもよくお似合いでしたのに……！　ホール中の男性の視線をかっさらえるほどでしたのよ？」

「うーん、アメリアさんは私を買い被りすぎだと思うよ」

大袈裟に嘆くアメリアを鏡越しに見ながら、結衣は苦笑する。そして聖竜教会の衛兵の制服である、ドラゴンの襟飾りがついた白い上着に袖を通した。黒いズボンと革製の長靴も、びしっと決まっている。

「うん、やっぱりこの格好の方が落ち着く」

「アメリアはがっかりでございます！　せっかくのパーティーだからと思い、衣装をたーっくさんご用意いたしましたのにーっ」

クローゼットを開けて、色とりどりのドレスを見せるアメリアに、結衣はひくっと頬を引きつらせる。彼女がはりきっていたのは知っているし、やたら荷物が多いなあとも思っていたが、まさか全部ドレスだったとは。

「あっ、そうですわ。そのうちアクアレイト風の衣装も仕立ててみてはいかがでしょうか？　髪飾りが豪華ですし、ドレスもハイウェストでエレガントですよねえ」

両手を胸の前で握り、うっとりと呟くアメリア。結衣はこれ以上ドレスが増えることになる前に退散しようと決めた。

「あはは、じゃあ私はこれで」

「あっ、ユイ様。もうっ、どうしてそんなにドレスが苦手なんですか～？」

アメリアの嘆きを背中に聞きながら、結衣はいそいそと部屋を出た。

(動きにくい服装は好きじゃないんだってばー)

仕事中は作業着だし、普段着もパンツルックばかり。スカートを穿くのは、友人の結婚式くらいだ。

ようやく楽な格好になれた結衣は、解放的な気分で歩き出す。アレクとの待ち合わせ場所である談話室に着くと、上は正装のままズボンだけ穿きかえたアレクがすでに着席していた。

結衣は待たせたことを詫び、彼と一緒に楽しく昼食を取った。


昼食を済ませた結衣達は、ソラのところへ戻る。そこには先ほどの近衛騎士達がいて、こちらに気付くと敬礼した。二人とも顔が嬉々としている。

「陛下、導き手様、聖竜様方のお食事は滞りなく終了しました！」

「ありがとうございます。良かったね、ソラ、フィア」

結衣がソラとフィアに声をかけると、彼らはそれぞれ返事をした。

『うむ。美味であったぞ！』

「ピャウ！」

すると、近衛騎士達は感動に打ち震える。

「聖竜様にそんな風に言って頂けるなんて……もう死んでも構いません！」

「我が生涯に悔いなし！」

二人は叫ぶように言い、両手を組んでソラに祈りを捧げた。

「そんな大袈裟な……」

『そうだ。それに死なれては困る。我は人間を守るためにいるのだからな』

呆れる結衣に対して、ソラは真面目に返した。

（そういう問題でもないような気がするんだけど、まあいいや）

とにかく、この世界の人々の聖竜への信仰心が半端ないということだけはよく分かった。これまでは聖竜教会の神官達とばかり関わってきたから、他の人々もこんなに篤い信仰心を持っているとは知らなかったのだ。

近衛騎士達は、ドラゴン達の食事が入っていたバケツや桶を持ち上げると、一本の木に向かって声をかけた。

「ディラン、我々は片付けをしてくるので、ここを頼む」

「ドラゴンが怖いからって、くれぐれも陛下達を置いて逃げるんじゃないぞ」

木陰から出てきたディランは、むっと顔をしかめる。

「逃げません！　どうぞ行って下さい」

「分かった分かった」

近衛騎士達は笑いながら立ち去る。ディランは強気な発言をしたが、ドラゴンを前にして顔が青ざめていた。

結衣は目を丸くする。

「ディランさん、いたんだ」

「いました」

ディランは真面目な顔で頷き、結衣達に近付いてくる。

「午後はパーティーに出席されないと伺ったので、護衛をしに参ったのです」

腹が膨(ふく)れて満足げにしていたフィアが後ろ足で立ち上がると、ディランはビクッと肩を揺らして後ろに下がった。

眉尻を下げたアレクが、ディランに優しく声をかける。

「ディラン、辛いなら他の者と交代しても構いませんよ」

「いえ、陛下。私はユイ様の専属護衛ですので！」

ディランは使命に燃えているが、腰が引けている。

（そのうち胃潰瘍(いかいよう)にでもなっちゃうんじゃないかな、ディランさん……）

結衣が苦笑していると、人間達のやり取りには興味がなさそうなソラが、はりきった声でフィアに言う。

『ではちまいの、今度こそ特訓を始めるぞ！』

「ピャッ！」

フィアは元気よく鳴いて、尾をぴんっと立てた。

『ちまいの。強いドラゴンになるためには何が必要だと思う？』

すっかりお兄ちゃんの顔をしたソラは、ソラが人間だとすれば猫くらいの大きさのフィアに、偉ぶって問いかける。

フィアは首を傾げ、空を見上げて考え込んだ。

「ピャウ、ピャア……？」

『喧嘩に強くなること、か。確かにそうだな。我の場合は人間全てを守らねばならぬが、普通のドラゴンも家族や群れの仲間を守るべきだろう。そのためにも、喧嘩に強くならなくてはな』

ソラはふっと短く息を吐いた。するとキラキラとした光が空中に線を描き、それが文字となって、花火のように光をまき散らす。

『だが、それだけではないぞ。強いドラゴンになるには、これらの条件を満たさねばならぬ。一、体力がある。二、立派な爪と尻尾を持つ。三、速く空を飛ぶ。四、魔法が上手。――む、これは普通のドラゴンには無理だな。火を吹くのが上手い、に変更だ。五、賢い。六、勇気がある。七、優しい』

「すごい、ソラ。どっかの自己啓発本みたい！」

結衣は思わず拍手する。

アレクも感心した様子で頷いた。

「人間の場合でも同じですね。爪や尻尾の代わりに剣術を磨き、空を飛ぶ代わりに馬やドラゴンの扱い方を学ばねばなりませんが」

「これは素晴らしい！」

ディランはどこからか帳面を取り出して、メモをし始めた。

『そなたは何かとビクビクしがちではあるが、六の勇気がある、はクリアしているぞ』

「ピャ？」

フィアはびっくりしたように目をパチパチと瞬かせる。

『まだ赤子だというのに、あの洞窟から一匹で抜け出してきたのだろう？　そなたにとっては大冒険とも言えるはずだ』

「言われてみればそうだよね。チビちゃん、すごいじゃない！」

「ピャア？」

結衣もソラと一緒になって褒めたが、フィアは『そうかなあ？』というように首を傾げる。

「ピャアピャウピャーア？」

『ん？　強いドラゴンになるのに、どうして優しくなければならないのか、だと？　優しくなければただの暴れ者だろう。誰かを守るには思いやりの気持ちが必要なのだ』

「ピゥ……」

『よく分からない、か。そのうち分かる。ひとまず一から四までは訓練すれば身につくから、共に頑張ろうな』

「ピャッ！」

フィアは可愛らしく鳴いた。

そして、訓練が始まった。まずはフィアの体力を見るために、走ってもらうことにする。

向こうの木まで行って戻って来るようにとソラに言われたフィアは、すぐに駆け出した。目標の木に着くまでは勢いがあったが、こちらに戻ってくる頃にはへろへろになっていた。

「ピャーウ……」

パタッと地面に倒れ込んだフィアに、結衣は目を丸くする。

「え!? さっき逃げてた時は、もっとたくさん走ってたじゃないの」

「ピャウ……」

『逃げるのに必死で、疲れなど気にしていなかったようだな』

その時、小さな雪だまりの陰から白ウサギが飛び出してきた。

「ピャー!?」

驚いたフィアはわたわたと逃げ出し、ソラの足元へ駆け込む。そこで小さく丸くなってぷるぷる震えた。

「なんだろう。この光景、どこかで見たことあるような……」

「そうですねえ、私にも覚えが……」

結衣とアレクはそれぞれ考え込み、何気なく後ろを振り返る。

「「あ」」

二人の声が重なった。彼らの視線の先にはディランがいる。

「え、何ですか？ 私がどうかしたんですか？」

ディランは木陰から怪訝そうにこちらを見ていた。

結衣はパチッと手を叩く。

「ディランさんだ！　トカゲやドラゴンにビビってる時のディランさんに似てる！」

「なんだか親近感が湧きますね。そう思いませんか、ディラン」

「ユイ様、陛下、真顔でからかわないで下さい……」

がっくりと肩を落とすディラン。

だが、結衣は冗談を言ったつもりなどなかった。本当にそっくりなのだ。

『ちまいの、安心せい。ただのウサギだ。そなた、いつもあれを食べているのではないか？　ビビってどうするのだ』

ソラが自身の足元に顔を近付け、フィアに声をかける。するとフィアはようやく立ち上がった。

そんなフィアに、ソラは次の課題を出す。

『爪と尻尾を鍛えるのは、まだ小さいそなたには無理だな。三、速く飛ぶはどうだ？』

「ピウ……」

『ああ、まだ翼の成長が足りておらぬか。では、火を吐くのはどうだ？』

「ピャーッ！」

フィアは四つ足を踏ん張って、遠吠えするような仕草をした。だが、その口からは何も出てこない。

ソラはうなりながら天を仰ぐ。

『むう。体力はないし、赤子だから爪や尾はまだまだ弱い。その上全く飛べず、火も吹けない。賢いかはどうかはまだ分からぬし、勇気があるように見えて臆病。優しい気質と言えなくもないが、単に気弱なのだろう。そなた、どうしようもないな』

「ビャ……ウ……」

べちゃっと地面に突っ伏すように倒れ込んだフィアは、金の目からぽろぽろと涙を零す。

「ソラ、そこまでひどいことが言えるなんて、逆の意味ですごいわ」

『うっ』

ソラは結衣の言葉にショックを受けて固まる。

結衣は落ち込むフィアが可哀想になった。フィアの傍にしゃがみ込み、その小さな頭を撫でていると、ソラが言い訳をし始めた。

『わ、我は事実を述べただけだぞ！　我にも空を飛べなくてやきもきした頃があった。だが、それ以外のことはなんとなく出来るようになってしまったから、出来ないことに悩む気持ちがほんの少ししか分からないのだ……』

ソラはぼそぼそと話し、頭を横に振る。

(ああ、天才には凡人の気持ちが分からないのと同じようなものかな)

結衣はようやく合点がいった。

その時、ディランが恐る恐る口を開く。

「……あのー、ユイ様が特訓して差し上げてはいかがでしょうか？」

「へ？」

きょとんとする結衣に対し、アレクは名案だとばかりに表情を明るくする。

「それはいいですね！　フィア、ソラを特訓したのもこの方なんですよ」

「ちょっと、アレク⁉」

結衣は仰天してアレクを見た。ソラを育てるのはたまたま上手くいったが、また同じように出来る自信はない。

「ピゥッ」

「ううっ」

先ほどまで落ち込んでいたフィアが、希望に満ちた目で結衣を見上げている。あまりの可愛らしさに、結衣はたじたじになった。

「そ、そんな目で見ないでっ」

結衣は元々犬が好きなのだが、ソラを育てたことで、ドラゴンも同じくらい可愛く思えてきたところだ。子どもドラゴンのつぶらな瞳で見つめられればどうなるかなんて、分かりきっている。

「わ、分かった。分かりました！」

結衣はあえなく降参した。

「でも、特訓って言ったってどうすれば……」

「ソラを育てた時と同じようにすればいいのでは？」

「同じように、ですか。なるほど」

アレクの提案に、結衣はソラを育てた時のことを思い出しながら頷く。通訳をしてくれるソラがいる分、前回よりは楽かもしれない。

そこでふと、あることに気付いた。

「ところでフィア、ここにいること、お父さんには言ってあるの？」

「ビャッ⁉　ピウ……」

「……今のは通訳されなくても分かるわよ。言ってないのね」

フィアは気まずそうにそっぽを向いた。アレクは顎に手を当てて考え込む。

「ソラと同じように訓練するとしたら、フィアはこちらに泊めた方が良いですね。親ドラゴンの許可を取りましょう。でないと、大変なことになりかねません」

「どういうことですか？」

結衣はアレクに詰め寄るようにして問う。

「ドラゴンはそんなに多くの子どもを産みませんから、子どもを大事にします。フィアが誘拐されたとでも勘違いしたら、暴れ回るかもしれませんよ」

「だったらすぐ、フィアのお父さんに挨拶に行かないと！　こんなにちっちゃいんだもの、きっとお父さんはめちゃくちゃ心配してますよ。それに私、聖竜教会の神官さん達とも話したいからちょうどいいです。岩山の上へ行きましょう！」

そう決めたところで、結衣はフィアが自分をじっと見つめているのに気付く。

「どうしたの？」

「ピャウピャーア？」

『何故そんなに親身になってくれるのですか、だそうだ』

「え？」

言われてみれば、どうしてこんなに熱くなっているのだろう。結衣は少し考えて、頭の中からそれらしい理由を引っ張り出す。

「大した理由じゃないわよ。子どもが頑張ってたら、手を貸したくなるのが大人ってものでしょ」

この理由が一番しっくりくる。満足して頷いていると、周りがやけに静かなことに気付いた。

ふと見れば、フィアにソラ、アレクとディランが揃って(そろ)こちらに注目している。

「ん？　何？　どうしたの？」

最初に口を開いたのはソラだった。

『ユイー！　我の目に間違いはなかった。そなたを導き手に選んで良かった！』

「えっ!?　何で泣いてるのよ、ソラ。意味分かんないんだけど！」

「ユイは本当に優しいですね」

「アレクも急にどうしたんですか!?」

「私はユイ様にお仕えできて幸せです！」

「だから何なのー!?」

彼らが何故感激しているのか分からない。

結衣が戸惑っていると、フィアが足元にすり寄ってきた。

「ピャッ」

にこっと目を細めるフィア。これも通訳されなくても分かった。『よろしく』と言っているのだろう。

「うん、よろしくね」

とりあえず、フィアが可愛いから良しとしておこうと結衣は思った。

『ユイ、聖竜教会に行くなら我の背中に乗るといい。盟友はどうする？　このあとは公務があるのではないか？』

「今日は夜まで何もないので、一緒に行きますよ。ディランは――」

「さしつかえなければ、私はこちらで待機していてもよろしいでしょうか！」

アレクが問う前に、ディランは素早く答えた。

清々（すがすが）しいほど正直な彼に、アレクは小さく笑う。

「分かりました。先ほどの近衛（このえ）達と合流次第、オスカーに我々は聖竜教会に行ったと報告し、離宮の控え室で待機していて下さい」

「はっ、畏（かしこ）まりました！」

結衣は騎士の礼をとるディランに軽く手を振る。

「じゃあ、ちょっと行ってくるね、ディランさん」

「はい、晩餐会（ばんさんかい）の支度（したく）をして頂かなければなりませんので、夕方にはお戻り下さいませ」

心配顔のディランに「分かってるよ」と明るく返し、結衣はアレクやフィアと共に、ソラの尻尾からその背中へと上った。

◆

チョコレート色をした巨大な岩山の上に、その洞窟はぽっかりと口を開けていた。入り口はとても大きく、ソラが翼をめいっぱい広げてもまだ余裕がある。

ソラが滑空(かっくう)して中に入ると、洞窟内の参道に並ぶ巡礼者達がわっと歓声を上げた。聖竜を呼ぶ声と共に、拍手の音が響く。

興奮する彼らの真横を、ソラは素知らぬ顔で悠々と飛び去る。そして通路を途中で左に曲がり、番竜の一族の住処(すみか)へと着地した。魔法を使い、ふわりと静かに舞い降りたので、土埃(つちぼこり)も立っていない。

聖竜の突然の訪問に、赤い鱗(うろこ)を持った大型ドラゴン達が、慌てた様子で集まってきた。その中でも一番大きな個体が前へ進み出る。

『これは聖竜様、いかがされましたか!?』

女神の加護を受けているからか、そのドラゴンは人間の言葉を話した。声は低く、渋い雰囲気が漂(ただよ)う。

(もし人間だったら、素敵なおじさまって感じかなあ)

結衣は思わずそんな想像をした。他のドラゴンよりもいかつい体格や、目つきの鋭さは、王者の風格すら感じさせる。

ソラがそのドラゴンに訪問の理由を告げた。

『シムド、そなたの息子を連れてきた』

『え？』

結衣達がソラの尻尾を伝って下りると、フィアを目にしたシムドが大声を上げた。

『フィア！　お前、いったいどこに行っていたのだ⁉　方々探し回ったのだぞ！』

シムドはフィアに頭を近付け、ふんふんと嗅ぎ回る。

『何者かにさらわれたのかとか、どこかで迷子になっているのかとか、色々考えていたのだが……とにかく怪我がなさそうで良かった。聖竜様、息子をどちらで？』

『我に弟子入りするため、人間達のパーティー会場に潜り込んでいたのだ』

『この子がですか⁉』

シムドは信じられないという風にのけぞって、フィアをまじまじと眺める。フィアは気まずそうに身を縮こまらせ、「ピャア……」と小さく鳴いた。

結衣はシムドを見上げ、恐る恐る挙手する。

「……でも、ソラだと特訓してあげるのが難しいみたいなので、代わりに私がしてあげようと思いまして。どうでしょうか？　フィアのお父さん」

『あなた方は……？』

シムドは困惑した様子で問う。

「あ、私はユイ・キクチです。ソラに呼ばれて、ドラゴンの導き手になりました」

『導き手様!?』

『もう一人は我の盟友だ。リヴィドール国の王で、名をアレクシスという』

「アレクシス・ウィル・リヴィドール三世です。初めまして、番竜の長殿」

アレクは左胸に右手を当て、優雅に一礼した。

すると番竜達がどよめく。

『きゃあぁ、すごい！　聖竜様、盟友様、導き手様が揃い踏みだなんて奇跡だわ！』

『盟友様は、人間の中でも特に美しい方だな』

『導き手様、なんて可愛らしいのだろう！』

わいわいと騒ぐ声の中に、やたらミーハーな発言が飛び交う。

(ファンに囲まれる芸能人って、こんな気持ちなのかしら……)

まさか、自分がこんな経験をする日が来るとは。結衣の人生の中でも特異な出来事だと思えた。

まあ、異世界に来ている時点で充分特異なのだが。

『こ、これはこれは……。息子がご迷惑をおかけして申し訳ありません。お三方揃って息子を送り届けて下さるなんて……』

さすがの長も、しどろもどろになっている。かなり激しく動揺しているようだ。

『えぇーと、何でしたかな。息子の特訓、ですか？　いったいどうしてそんなことに』

「フィア、強くなりたいそうなんです。まだ赤ちゃんですし、どこまで強くなれるかは分かりませんけど、本人が頑張りたいと言うなら手伝ってあげたくて。でもこんなに小さいので、先に親御さんの承諾を得ようと思ってこちらに来ました」

結衣が事情を話すと、シムドは難しい顔をした。

『フィア……』

「ピャアピャア！」

『……そうか、そんなにやりたいのならやってみなさい』

シムドは我が子に顔を近付け、鼻先で軽くその額をつつく。

『そんなに思いつめていたとは知らず、叱ってすまなかったな』

「ピゥ……？」

フィアは驚きに目を丸くして、シムドを見上げる。シムドはフィアに笑いかけると、結衣に視線を向けた。

『我が子は臆病で、いつも私の後ろに隠れてばかりいたのです。そんな子が、たった一匹で巣穴を飛び出した。その勇気を認めてやらないわけにはいきません。我が儘を申し上げているのは充分に承知していますが、どうか息子をよろしくお願いします』

シムドの目には、穏やかな光が浮かんでいる。結衣は手を叩いて喜んだ。

「やったね、フィア。優しいお父さんだね！」

「ピャッ」

明るく答えるフィア。シムドは照れくさそうに目を逸らした。

「では、フィアにはしばらく私と一緒に生活してもらいますね。その方が面倒を見やすいので」

『はい、分かりました。導き手様』

シムドの許可が下りたので、結衣は俄然やる気が湧いてきた。

「よし！　じゃあ、ちょっと聖竜教会の神官さん達と話してきますね」

『我は、ちまいのと共にここで待っているぞ』

ソラはそう言って、その場に座り込んだ。フィアも「ピャッ」と返事をし、シムドの足元にまとわりつく。親子がじゃれ合っている姿を見て、結衣の心が和んだ。

そこへアレクが声をかけてくる。

「教会へは私も参ります。まだご挨拶をしていませんので」

「あ、はい、分かりました」

「暗いので、足元にはお気を付け下さい」

「本当だ、ありがとうございます」

結衣はアレクと共に、参道の脇にある篝火を頼りに教会を目指した。


やがて結衣達は、アクアレイト国の聖竜教会に辿り着いた。門扉は大きく、見上げると首が痛くなるほどである。

（すごい大きい……。これの材料ってどうやって持ってきたんだろ）

結衣は門を通り抜けながら、門扉をまじまじと眺める。緻密に彫り込まれた紋様や、ドラゴンや女神のレリーフがとても美しい。

建物の中も恐ろしく広かった。白大理石で出来た柱は太くて大きいし、天井もソラが通れるくらい高い。リヴィドール国にある聖竜の寝床も広いが、こちらは桁違い（けたちがい）の規模だ。

案内役の女性神官のあとについていくと、応接室に通された。白と青を基調とした涼しげな雰囲気の部屋だ。

そこで待っていた神官長が迎えてくれる。

「お初にお目にかかります。わたくしは当神殿の長、ナタリアと申します。お会いできて光栄ですわ、盟友様、ドラゴンの導き手様」

神官長は、金髪に白髪が混じる五十代くらいの女性だった。白い神官服に身を包み、楚々（そそ）としている様子は、上品な奥様といった雰囲気である。

「初めまして、神官長殿。ご挨拶が遅れて申し訳ありません」

そう謝るアレクに、ナタリアは首を横に振る。

「こうしてお会いできたのですから、謝って頂く必要など何もありませんわ。祭りにご参加頂きありがとうございます。きっと女神様方も、盟友様にお会いするのを楽しみにしていらっしゃるでしょう」

続いてナタリアは、結衣に微笑みかけた。

「もちろん、導き手様にお会いするのも」

「そうだったら嬉しいです。ええと、ユイ・キクチです。よろしくお願いします」

「こちらこそ。ドラゴンについて神官達に訊きたいことがあるとか。もちろん構いませんわ。あなた様のサポートが出来て大変嬉しく思います」

ナタリアがテーブルに置かれていたハンドベルを振ると、ややあって応接室の扉が開き、眼鏡をかけた女性が現れた。

「導き手様、彼女が神官達のもとへご案内いたします。申し訳ありませんが、そちらの区画は男性は立ち入り禁止なので、盟友様は……」

「心得ています。よろしければ、こちらで神官長殿とお話しさせて頂きたいのですが」

アレクの頼みに、ナタリアは「喜んで」と柔らかに微笑む。

「導き手様、ご用が済みましたら、またこちらにお戻りになって下さいませ。キリ、案内を頼みましたよ」

「畏まりました」

眼鏡の女性神官——キリはしっかりと頷き、結衣と共に客室を出る。そして、結衣を神官達の休憩室に案内した。

結衣はキリのあとに続いて、休憩室の中に入る。

そこは大食堂のような空間だった。アーチ状の柱の間に置かれた長テーブルに、白い神官服に身を包んだ女性達がいる。彼女達はお茶をしたりおしゃべりをしたりと、思い思いに寛いでいた。

(休憩中なのかな。急にお邪魔しちゃって悪いなあ)

ちょっと気が引けたが、彼女達と話さなくてはここに来た意味がない。

キリがパンパンと強く手を叩いて注目を集める。

「皆さん、ドラゴンの導き手様をご案内しました。くれぐれも失礼のないように！」

神官達はピタリと動きを止め、結衣を食い入るように見つめた。

そして一瞬の後、わっと歓声が上がる。すぐさま食堂内はちょっとしたパニック状態になった。

「ド、ドラゴンの導き手様ですって！　お茶、お茶のご用意を！」

「皆さん、姿勢を今すぐ正しなさい！」

「お茶菓子も必要よ！」

「布巾(ふきん)はどこなの!?」

そんな声が飛び交い、あっという間に結衣のための席が出来上がる。先ほどまでののんびりした空気は消えてなくなり、神官達が背筋を伸ばして横一列に並んだ。

（すごい、魔法みたい……！）

さっきまで見ていたものは幻だったのだろうかと結衣は思う。

キリが、申し訳なさそうに目礼(もくれい)した。

「申し訳ありません、だらしないところをお見せしまして……」

「あ、いえ、いいんです。こっちこそ、休憩中にごめんなさい」

「よろしければ、自己紹介して頂いても？」

「はい、私はユイ・キクチです。異世界から来ました。聖竜ソラに選ばれて、ドラゴンの導き手をしています。今日は突然お邪魔してしまってすみません。よろしくお願いします」

結衣がぺこっとお辞儀をすると、神官達は「よろしくお願いします」と声を揃えた。驚くほど息がぴったりである。

「あの、今日は皆さんに教えて頂きたいことがあって来ました。番竜の子どもをしばらく預かって訓練することになったので、食べちゃいけないものとか、そういったことをご存知でしたら教えて下さい」

「番竜の子どもの訓練、ですか？」

キリが困惑気味に訊くので、結衣は事情を説明した。


神官達は、ドラゴンについて色々と教えてくれた。

先ほど休憩時間が終わり、番竜の生態に詳しい二人の神官と案内役のキリを残し、他の神官達は仕事に戻った。今、休憩室は非常に静かだ。

結衣はもらった紙にメモを取り、他に訊くことがないか確認してから、大きく頷く。

「これでバッチリです。ありがとうございました！」

「いえ、お礼なんてとんでもないですわ、導き手様」

「お役に立てて光栄です」

「私、安心いたしましたわ。番竜の長の子は母親を亡くしてから、ずっと元気がなくて……。岩陰で小さくなって泣いているところを、よく見かけたものですから」

番竜達は餌を自力で獲り、洞窟内の湧き水を飲んでいる。だから、聖竜教会が世話をすることはないものの、神官と衛兵はときどき番竜の住処にも顔を出して、異常がないか確認しているらしい。この神官も見回り役の一人だそうだ。

もう一人の神官が、悲しげに目を伏せる。

「あの事件はひどいものでした。魔族は強いドラゴン達を大山脈の方におびき出し、その間にこの洞窟を襲撃したのです。今回亡くなったドラゴンの多くは、留守番していたメスや若いオスでした。魔族が子ども達には手出ししなかったことだけが幸いですわ」

そう言ったあと、テーブルの上に身を乗り出す二人の女性神官。

「どうかあの子をよろしくお願いしますね、導き手様！」

「長の子ですもの、強くなる素質はありますわよ、きっと！」

その気迫に押され、結衣は椅子に座ったままのけぞった。

「は、はい。出来るだけ頑張ってみます」

結衣がそう答えると、キリが二人を咎めるように咳払いした。すると二人は慌てて姿勢を正す。

「今日は皆さんのお陰で助かりました。薄暗いところが好きとか、寝る時は温かくしてあげた方がいいとか、聖竜とは色々と違ってたので勉強になります」

成体になるまで三年かかるというのも、大きな違いである。

これで訓練の準備は整った。結衣は席を立つと、もう一度彼女達に礼を言い、休憩室をあとにした。

結衣達が離宮に戻った頃には、日がすっかり傾いていた。

「フィア、ごめんね。私は晩餐会に出なきゃいけないから、この部屋で待っててくれる？」

「ピャッ」

結衣の言葉に、フィアはすぐに返事をした。革張りの椅子に飛び乗り、そこで丸くなる。

結衣はそれを確認すると、急いで晩餐会の支度に取りかかった。洞窟にいる間に体に染み付いた獣くささを風呂で洗い流し、淡いオレンジ色のドレスを着て軽く化粧もする。

そして部屋を飛び出し、一階の居間で待っていたアレクと共に大食堂へ向かった。

挨拶もそこそこに席についてはみたものの、マナーを気にしながらでは、せっかくの豪華な食事の味も分からない。

やがてなんとか晩餐会を終え、結衣は離宮の自室に戻った。

樫材をふんだんに使った重厚な雰囲気の部屋で、家具は赤を基調としている。天蓋付きのベッドには、赤いカバーが掛けられていた。

用意されていたネグリジェに着替え、ベッドに上がり込んだ結衣は、その足元に籠が置いてあるのに気付いた。中にはクッションが敷き詰められ、フィアが丸くなって眠っている。結衣が晩餐会に出ている間に、アメリアが用意してくれたのだろう。

「明日から頑張ろうね」

すやすやと眠るフィアを見ていると、なんだか自分もぐっすり眠れそうだ。そして予想通り、布団に入ってすぐ、結衣は深い眠りに落ちた。

◆

翌朝、窓から見える空は分厚(ぶあつ)い灰色の雲に覆(おお)われ、粉雪が降っていた。

道理で冷えるはずだと思いつつ、結衣が試しに息を吐いてみると、空気が白く染まった。アメリアが火鉢のようなものを置いてくれているが、残念ながらあまり効果はない。

そういえばと思い、ベッドの足元にある籠を見ると、小さく欠伸(あくび)をするフィアと目が合った。

「おはよう、フィア」

「ピーウ」

フィアは鳥のように高い声で鳴いた。

結衣はフィアと共に、隣室のリビングルームへ移動する。こちらには暖炉(だんろ)があるので、とても暖かい。

朝食を取るとすぐ、昨日に続いてまたドレスを着ることになった。今日は青いドレスである。結衣はレースやフリルが苦手なので、シンプルなものを選んでもらっているが、コルセットが苦しいのは変わらない。

それでも文句ばかり言っていられないので、身支度(みじたく)をするとさっそくパーティー会場に出向いた。

今日はパーティーを午前中で切り上げ、午後はフィアの訓練に当てるつもりだ。この動きにくい格好をし続けなくて良いので、気が楽だった。

結衣が昨日よりはいくらか余裕のある態度で客人達と挨拶を交わしていると、リディアがやってきた。

今日のリディアは、ワインレッドの大人びたドレスを着ている。金糸で繊細な刺繍が施され、小さな薔薇の飾りが付いている。そんな豪華なドレスもさらりと着こなしているのはさすがだ。

「導き手様、教会の者から伺ったのですが、番竜の子どもを特訓なさるそうですね」

「はい」

リディアの問いに、結衣は素直に頷いた。

(もうお姫様の耳にも入ってるのか……)

あんまり期待されても困るので、結衣は苦笑いを浮かべる。

だが、結衣の予想に反し、リディアは語気を強めてこんなことを言い出した。

「番竜は我が国の誇りであり、大事な存在です。王家の一員として、是非わたくしにもお手伝いさせて頂きたいのです」

「はあ……」

思わぬことを言われた結衣は気の抜けた返事をしてしまう。斜め後ろに立つオスカーに咳払いされてしまったので、慌てて返事をし直した。

「は、はい！」

手伝ってくれるのはありがたいが、結衣の中では、リディアとドラゴンがどうしてもマッチしなかった。

（意外だなあ。この人、ドラゴンが好きなのかな？）

リディアは立ち居振る舞いがとても淑やかで、いかにも貴婦人といった感じだ。装いには一分の隙もなく、甘い花の香りがする。ほっそりした指先は柔らかそうで、ドラゴンの世話などとは無縁といった印象がある。

（でもまあ、意外といえばアレクもそうだもんね）

温和で優しくて天使のようなアレクが、ドラゴンを駆って兵士を指揮する人だと知った時は、驚いたものだ。それを考えると、リディアがドラゴン好きでもおかしくないように思える。

「えっと、じゃあ今度ご一緒しましょう。折を見てこちらからご連絡しますね。今日から特訓開始なので、私もまだちょっと勝手が分かりませんから……」

「分かりましたわ。必ずお声をかけて下さいね。よろしくお願いします」

そう念を押すと、リディアは一礼して結衣の前から去った。そして、少し離れた場所で男性貴族と話していたアレクに声をかけ、三人で談笑し始める。

彼らを眺めながら、結衣は感想を呟いた。

「お姫様って、あちこちに声をかけなきゃいけないから大変だね」

すると、何故かオスカーがむせた。

「どうしたのオスカーさん。お水もらう？」

「い、いえ、お構いなく」

口元にハンカチを当てながら右手を上げ、結衣を止めるオスカー。

「あちこち……ユイ様にはそう見えるのだろうか？　どう見ても陛下の行くところにばかり顔を出しているというのに……」

何やらぶつぶつと呟いているオスカーに、結衣は首を傾げる。いったい何だってそんな可哀想なものを見るような目で、結衣を見るのだろう。

「何ですか？」

「――いえ、お気になさらず」

オスカーは首を横に振ってから、思い直したように結衣を見た。

「ユイ様、一応言っておきますが、私はユイ様を応援しておりますので」

「何を応援してくれてるんだか分かりませんけど……どうも」

さっぱりわけが分からないが、結衣はひとまず礼を言っておいた。


その日の午後、結衣は聖竜教会の衛兵の制服に着替え、離宮の庭でフィアと向き合っていた。

今回はアレクはいない。昨日パーティーを半日サボったので、今日は終日参加しなくてはいけないそうだ。

ディランはいつも通り傍（そば）についている。いや、正確には少し離れたところにある木の陰から見守ってくれていた。

「フィア、訓練のメニューを考えたよ。ひとまず、体力をつけるために散歩しよう」

「ピャッ！」

ちょこんと座っているフィアが可愛らしく返事をしたので、結衣は頷いた。

色々考えてみたのだが、強くなるのに近道はないだろう。焦らずゆっくりやるしかない。

結衣は雪が積もった野原をフィアと歩き回った。

のんびり三十分ほど歩いたところでフィアがバテたので、休憩を取ることにする。

雪の上に寝転がって、全身でくたびれたと表現しているフィア。それを微笑ましく眺めながら、結衣は毛糸の手袋をはめた手で、小さな雪玉を何個か作っていく。ちょうど野球ボールくらいの大きさだ。

しばらく休んで体力が回復したフィアは、興味津々な様子で結衣に近寄ってきた。

「ピャ？」

「これはね、雪で作った玉よ」

フィアは雪玉に顔を近付けてふんふんとにおいを嗅ぎ、鼻先でつんと押す。雪玉がころっと転がると、フィアはそれを不思議そうに眺めた。

「次の特訓をするよ、フィア。私がこの雪玉を投げるから、フィアはそれをよけるの。瞬発力が鍛えられるわよ」

「ピャッ！」

フィアは可愛らしく返事をする。

結衣は用意した雪玉を一つ取り上げ、フィアから少し距離をとった。

「よーし、じゃあさっそくいくよ。えいっ」

「ピャピャッ」

結衣が投げた雪玉を、フィアはちょろちょろ駆け回って必死によける。十個目の雪玉を投げたところで、結衣の方が降参した。

「ごめん、フィア。やっぱりこの訓練はやめよう。なんかいじめてるみたいで辛くなってきた……」

雪玉は一度もフィアに当たらなかったのだが、傍（はた）から見たら小動物をいじめているようにしか見えないだろう。

「あっ、そうだ。ここに雪だるまを置くから、それをフィアが尻尾で壊すっていうのはどうかな？」

フィアは少し考えたあと、分かったという風に鳴いた。

「ピャア、ピャッ！」

結衣は残った二つの雪玉で、小さな雪だるまを作る。するとフィアは尾を大きく振り、雪だるまの頭を弾き飛ばした。雪玉は空中で弧を描き、地面に落ちて潰れる。

これは面白かったようで、フィアはその後も軽快に雪だるまを飛ばした。だが、五個目の雪だるまを壊したところで疲れたのか、その場に座り込んだ。

うとうとしているフィアを見て、結衣は再び休憩することに決める。

（フィアはあんまり体力がないから楽だなあ。ソラの時は元気が良すぎて、私の方がバテちゃってたし）

普通のドラゴンの赤子は、こんなものなんだろう。

（しばらく散歩を中心にしようかな）

ソラの時も最初はほぼ散歩をしているだけだったしと、結衣は気楽に構えていた。

アクアレイト滞在六日目。

「フィアの訓練はどうですか？」

朝食の席で毒々しい紫色のスープを見つめていた結衣に、アレクが尋ねてきた。

「散歩を中心にしています。あまり激しい運動をさせると、疲れて眠くなるみたいなので」

そう返しながら、結衣はスープを一口飲む。見た目さえ気にしなければ、とてもおいしい。紫色のスープはリヴィドール国の食事にもよく出てくるので、どうやらこちらの世界ではありふれたメニューのようだ。それでも毎回、一口目はとても勇気が必要だった。

結衣の密かな葛藤（かっとう）には気付いた様子もなく、アレクは穏やかな微笑みを浮かべる。

「そうですね、小さいうちに無理をさせてはいけませんからね」

アレクの言葉に、結衣は何度も頷いた。

するとアレクが再び口を開く。

「実は、リディア姫から良い訓練場所を教えて頂いたのです。乗馬での散策に向いた小さな森らしいので、フィアを散歩させるのにもちょうどいいでしょう。今日は私も時間がありますし、訓練がてら一緒に行きませんか？」

「それはいいですね！　あっ、そういえば、そのリディア姫から訓練を手伝いたいと言われていたんです。お姫様を誘っても構いませんか？」

「リディア姫をですか？」

アレクは少し考え込む仕草をした。

「だっ、駄目ならいいんですけど……」

何かまずい提案をしてしまったのだろうかと、結衣は焦る。結衣には分からない政治的な問題があるのかもしれない。

アレクは右手を軽く振って否定する。

「いいえ、駄目ということはありませんよ。お気になさらないで下さい。では、私からリディア姫に伝えておきますね」

「はい、よろしくお願いします！」

結衣はほっとして、明るく返事をした。

◆

朝食を終え、自室で化粧を直していたリディアのもとに、アレクからの使いがやってきた。

戸口で対応した侍女は踊り出さんばかりに喜んで、足早に戻ってくる。

「やりましたね、姫様！　アレクシス陛下からのお誘いですよ！」

茶色い巻き毛の侍女は明るい声を上げ、鏡台の前に座るリディアに微笑みかけた。

「子どもドラゴンの訓練のお誘いでしょう？　そんなに騒ぐほどのものではないわ」

リディアはそう答えつつも、鏡の前でいつもより入念に髪型をチェックしている。騒いでいた侍女はちょっとした乱れに気付いて、それをあっという間に直した。

身なりを美しく整えたことに満足したリディアだが、鏡に映る顔は憂鬱の色に染まっている。口からは自然と溜息が零れ落ちた。

「はあ、嫌だわ。あの方に近付くためとはいえ、泥くさいドラゴンに近寄らなきゃいけないなんて……」

「ええ、ええ、分かります。私もドラゴンは血なまぐさくて恐ろしいですわ！」

蝶よ花よと大事に育てられた貴族の令嬢達にとっては、ドラゴンは泥くさくて醜くて恐ろしい生き物なのだ。

「ですが、ユイ様はドラゴンの導き手だけあって、泥くさいドラゴンと相性がよさそうですわ。見た目もパッとしませんし、麗しい陛下のお隣に並ぶのに相応しくありません。どう見たって姫様の方がお似合いでしてよ」

「でも、あの方は何故わたくしとの縁談をお断りになって、ユイ様を選ぶの？　家柄、容姿、教養。どれをとってもわたくしの方が上ですのに。……いえ、分かっていますわ。どうせドラゴンの導き手という肩書があるからに決まっています」

リディアの衣装を整えていた侍女がパッと顔を上げ、鏡越しに笑いかけた。

「そうですわよ、姫様。自信をお持ち下さいませ。今日もこんなに美しくていらっしゃるのですから、きっと陛下のお心を射止められますわ」

リディアは自信に満ちた笑みを浮かべる。

「ええ。実力で奪い取ってみせます。女神の聖火を守る我が国と、聖竜が住まうリヴィドール国。この二国が結びつけば、きっと素晴らしい未来が待っているはずですもの」

リディアは紫色の目をうっとりと細めた。

◆

離宮の庭にやって来たリディアを見た結衣は、困ってしまった。

(これから特訓をするのに、何でドレス?)

リディアはドレスを身に着けていた。パーティーの時のドレスと違って、裾(すそ)を引きずるようなものではないものの、汚して大丈夫なのかとハラハラしてしまうほど綺麗だ。毛織のマントの下から、深緑色の高そうな生地が覗いている。腰の飾りは金製で宝石が付いており、他にもネックレスや腕輪、耳飾りなどを付けていた。

リディアは小首を傾げる。

「どうかなさいまして?」

「い、いえ……」

結衣は内心で頭を抱えつつ、苦笑いを浮かべた。

(そういや私、動きやすい服装で来て下さいって言わなかったもんなあ。私が悪いのかも。でも、こんなに綺麗なドレスを汚したらまずい気がするし……）

　着替えた方がいいと言おうか言うまいか迷っていると、アレクがこちらにやってくるのが見えた。ドラゴンに乗る時に着る深緑色の防寒着と黒いズボンに、革製の長靴という格好だ。腰には宝石飾りのついた長剣を携えている。彼はちゃんと汚れてもよくて動きやすい格好を選んだようである。

「遅れまして申し訳ありません。ユイ、リディア姫」

　大股で庭を横切ってきたアレクは、結衣の傍で立ち止まった。

「いいえ、ご公務があったんですもの、仕方ありませんわ」

「そうですよ。それに大して待ってませんから」

　リディアと結衣は口々に言う。

「それなら良いのですが……。おや、リディア姫。本日のお召し物もよくお似合いですが、その格好で大丈夫ですか？」

　結衣が言えないでいたことを、アレクはさらりと言った。だが、リディアにはアレクの質問の意味が分からなかったようだ。

「大丈夫かといいますと？」

「これから我々は森に入ります。お召し物が汚れてしまうかもしれませんよ」

「そういうことでしたか。ええ、このままで結構ですわ」

　リディアはきっぱりと答えた。

　結衣達は離宮の前でソラと別れ、訓練場所に向かった。ソラが踏み入ると潰れてしまうほど小さな森だからだ。徒歩だと時間がかかるので、森の入り口まで馬車で移動する。

やがて辿り着いたのは、日射しがよく入り込む、明るく穏やかな森だった。あちこちに雪が積もっており、時折、枝の上を栗鼠が走っている。春に来ていたらもっと綺麗だったことだろう。

「この辺りも王城の敷地ですの。秋は狩場として賑わいますのよ」

リディアがそう説明してくれた。

馬車から身軽に飛び下りた結衣は、森の様子を見て嬉々とした笑みを浮かべる。

「良い感じの起伏があるし、訓練を兼ねた散歩にはもってこいですね！　ね、フィア！」

馬車の入り口を振り返ると、フィアは戸口から頭だけ出して震えていた。

「あれ？　どうしたの？」

「ピャーウー」

結衣の問いかけに、情けない声で返すフィア。通訳してくれるソラがいないので、何と言っているかは分からない。

「見知らぬ場所だから、怖いのかい？」

アレクがそう推測して、フィアの頭を宥めるようにポンポンと軽く叩く。結衣は馬車の入り口を覗き込み、フィアに声をかけた。

「そんなに怖がらなくたって大丈夫。私を見てみなよ。全然怖がってないでしょ？」

「ピァ」

言われてみればその通りだと言わんばかりに、フィアが耳をぴょこんと立てる。そして馬車の戸口から身を乗り出すと、踏み台を使って地面に下りた。

結衣はすかさずフィアの頭を撫でて褒める。

「えらいえらい！　すごいよフィア！」

「ピャア」

フィアは嬉しそうに鳴いたが、その時、突然バタバタッという音がしたので飛び上がった。そのまま結衣の後ろに隠れてしまう。

「今のは、木の枝に積もった雪が落ちた音ですね」

フィアに続いて馬車から降りたアレクが言い、馬車の中にいるリディアに手を差し出す。リディアはその手に掴まって馬車を降りた。

「せっかく来たんだし、もうちょっと頑張ってみようよ、フィア。明るくて綺麗な森だよ。リディア姫、良い場所を教えてくれてありがとうございます」

「ときどき兄と乗馬をしに来ますの。春にはたくさんの花が咲いて、とても美しいんですのよ」

「へえ、乗馬ですか」

さすがはお姫様だ。乗馬も嗜みの一つなんだろう。

「ほら、王族が遊びに来るようなところだから安全だってば。一緒に行こう、フィア」

「ピャア」

結衣が森へ踏み出すと、フィアはその足元にぴったりと寄り添って歩く。まだ周りを警戒しているようだ。

主人の歩調に合わせて歩かせるのは、犬の散歩の基本だ。フィアが犬なら合格なのだが……

(弱虫を直して強くなりたいんなら、自分が先頭を切って歩くくらいにならないとね)

今回の結衣の役目は、フィアに外の世界がいかに怖くないかを教えることだとも言える。

普通、動物の子どもは好奇心旺盛(おうせい)で怖い物知らずだ。何にでも興味津々(しんしん)に近付いていって痛い目に遭うことで、何が危険かを学習する。

だからフィアの場合、自分から何かに近付いたり触ったり出来ないことが問題なのだ。

自分が勝手に怖いと感じているものが、本当はそうではないと気付いてもらう必要がある。洞窟で暮らしてきたフィアにとって、未知の場所であるこの森は訓練にうってつけだろう。だが……

――バタバタバタタッ。

木の枝から雪が落ちるたびにビビって隠れてしまうので、なかなか先に進めない。

宥(なだ)めすかしながら歩くこと三十分。木の根元に出来た雪だまりから何かが飛び出してきて、さしもの結衣もフィアと一緒になって驚いた。

「ピャーッ⁉」

「わあっ、なになに⁉」

思わず飛びのいた結衣は、雪の上を走っていく小さな影に目を凝(こ)らす。それは白いトカゲだった。

「トカゲ？　今は冬眠してるんじゃないの？」

「あれはユキトカゲですね。冬にも活動するトカゲです。リヴィドールにもいますよ」

アレクがそう解説してくれた。

「トカゲといえば……」

結衣は呟いて、ふと後ろを振り返る。

傍(そば)の木の陰から、ディランが腰に佩(は)いた剣の先っぽだけが覗いていた。その隣の木からは、フィアの尻尾だけが覗いている。

(なんという似たもの同士……！)

結衣は耐えきれずに笑ってしまった。アレクと近衛(このえ)騎士二人は口を手で覆(おお)って笑いをこらえているが、肩が小きざみに震えている。

だが、笑っているのはリヴィドール国の人々だけで、リディアとお供の騎士の目は冷たい。リディアは憤然(ふんぜん)としてフィアを睨(にら)んだ。

「なんて情けないんですの！　番竜の長の子として恥ずかしくないのですか!?　あのような小さなトカゲに怯(おび)えるとは！」

リディアはフィアのいる木の前に立つ。のろのろと木陰から出てきたフィアに、リディアは尚も厳しく言い放った。

「こんなことでは、聖火を守る立派なドラゴンにはなれませんわよっ」

「ピャ……！」

ショックを受けたように固まったフィアの目に、じわーっと水の膜が張る。フィアは身を丸くすると、ぽろぽろと涙を零(こぼ)し始めた。

「リディア姫、こんな赤ちゃんに、そんなにきつく言わなくても……」

「いいえ、導き手様。番竜には強くなってもらわなければ困ります。太陽の女神シャリア様もこんな姿を見たら、きっとお怒りになりますわ！」

「お気持ちは分かります。でも落ち着いてっ」

美人が怒ると迫力がある。結衣もすっかりビビっていたが、フィアを庇（かば）って間に入った。

（リディア姫を訓練に呼ぶの、まだ早かったかも……！）

王族としては、のんきに見ていられない状況なのだろう。結衣は自分の判断の甘さを痛感しながら、どうやってこの場を収めようかと頭を悩ませる。

そこへ馬のいななきと共に、アクアレイト国の騎士が現れた。彼は馬を下りると、リディアの前に膝をつく。

「失礼します。姫様に、陛下よりご伝言です」

「まあ、お父様から？」

リディアの関心がフィアから逸れたので、結衣はほっと息を吐く。蛇に睨（にら）まれた蛙（かえる）の気持ちがよく分かった。

「賓客（ひんきゃく）が到着されたので、姫様におもてなしをお願いしたいとのことです。陛下は降臨祭についての会議に出席するため、お出迎えが出来ないそうで」

「分かりました。陛下にも承（うけたまわ）りましたと伝えて下さい」

「はっ」

騎士は礼をとると、すぐ馬に乗って立ち去る。

リディアは肩を落とし、結衣とアレクに向き直った。

「お二方、申し訳ありません。用が出来たので先に戻りますわ。もっとお手伝いしたかったのですが……」

「この場所を教えて頂いただけで充分ですよ」

アレクが優しく言うと、リディアは微かに笑みを浮かべた。

「そういえば導き手様。その子どもドラゴンを自室で休ませていると伺いましたが、本当ですか？」

「ええ」

結衣は頷きつつも、内心ドキッとした。

「もしかして、離宮にドラゴンを入れるのはまずかったですか？」

「いえ、そうではありません。ですが、番竜は我が国の宝。今後はわたくしの部屋で休ませますわ。あとで引き取りに伺いますね」

「えっ、えーと……」

結衣がちらりと足元を見下ろすと、フィアがこちらを見上げていた。金の目を潤ませ、頭をぶんぶんと横に振る。

（うわあ、全力で嫌がってる）

あまり波風を立てたくないが、ここはフィアの気持ちを尊重して断ろう。

結衣が決意を固めて口を開いた時、先にアレクが言った。

「姫のお心遣い、とても嬉しく思います。ですが、フィアについてはユイにお任せ頂けませんか？

訓練するにあたり、共に過ごすことはプラスになりますから」

「アレクシス陛下……。分かりました。今回は導き手様にお任せします」

反論するかと思いきや、リディアは素直に受け入れた。だがそのあとすぐ、結衣をキッと睨みつける。

「ですが、導き手様。番竜は我が国の大切な宝です。くれぐれも粗末に扱わないで下さいませ！」

しっかりと釘を刺し、リディアはお供の騎士と共に森を去る。

彼女達の姿が完全に見えなくなると、結衣は恐る恐る周りに尋ねた。

「……あのー、私、リディア姫に何か失礼なことをしてしまったんでしょうか」

「いえ、ユイ様。私が見ていた限り、当たり障りのない対応でしたよ」

ディランが結衣の考えを否定してくれた。

そして青ざめた顔で呟く。

「しかし、お淑やかで綺麗な方なのに、意外とおっかないですね」

「うーん。フィアと一緒にトカゲにビビってたディランさんに言われてもって感じだよね」

結衣の返しに、近衛騎士二人も深く頷いている。

先ほどのユキトカゲへの怯えようは、すこぶる情けなかった。もしディランがリディアの騎士だったら、フィアと同じくしっかりしろと叱責されていたに違いない。

結衣はアレクに礼を言う。

「アレク、間に入ってくれてありがとうございました」

「ピャーッピャッ」

フィアもアレクを見上げて可愛らしく鳴く。だが、アレクは軽く首を横に振った。

「いえ……。リディア姫はドラゴンがお好きではないようでしたから、フィアが可哀想になったのです」

「えっ、あのお姫様、ドラゴンが嫌いなんですか？　でも、訓練を手伝うと言ったりフィアを引き取ると言ったりして、積極的ですけど」

結衣はよほどドラゴンが好きなのだなあと思っていたが、アレクは違うらしい。

「なんとなくそう感じたのです。表向きはドラゴンを大事にされていますが、本当は苦手なのだろうなと」

結衣は先ほどの出来事を思い返す。そう言われてみると、そんな雰囲気はあったかもしれない。怒るリディアからフィアを庇いたくなった理由はそれのような気もした。

「ドラゴンのことを心から好きなら、フィアのことを名前で呼ぶでしょう。ですが、あの方は番竜の子どもとしか呼びませんでした。それに、番竜は国の宝だとおっしゃっていましたが、ドラゴンが好きな方は個体の特徴を褒めることが多いのです。鱗が綺麗だとか、ごついけれど力持ちだとか。何より、フィアが嫌がっているのが証拠ですよ。動物は本能で、相手が自分に好意的かどうかを察知しますからね」

アレクの話は、聞けば聞くほど納得がいった。

犬好きな結衣は犬を見かけると飼い主に名前を訊いてしまうし、毛並みや顔つきなどの特徴を褒めることも多い。

結衣は頭の後ろに手を当てて、天を仰ぐ。

「失敗しました……。お姫様に悪いことしちゃいましたね」

「え？　悪いことですか？」

意外そうに聞き返すアレクに、結衣は頷いてみせる。

「そうです。きっとお姫様は責任感が強いから、手伝うって言ってくれたんだと思います。ドラゴンが苦手なのを知らずに無理をさせてしまって、申し訳ないです。犬の場合も遠くから見る分には可愛くて好きだけど、傍に寄るのは怖いっていう人がたまにいるんですよ。皆が皆、動物好きとは限りませんから、気遣うのがマナーです」

それに、と結衣は続ける。

「今回のことでお姫様がドラゴンを完全に嫌いになってしまったら、悲しいじゃないですか。出来れば、ドラゴンが好きっていう人が増えた方が私は嬉しいです」

きっとリディアはすごく嫌だったんだろうなあと思い、結衣は落ち込んだ。

アレクは柔らかく微笑む。

「やはりあなたは『ドラゴンの導き手』に相応しい方です。そうですね、ドラゴンのことを好きな人がたくさん……そんな世界にしたいですね」

褒められるとは思わなかったので、結衣は少しばかり恥ずかしくなった。

アレクはしみじみと呟く。

「ユイがそんな風に優しいので、ドラゴンもよく懐くのでしょうね」

「そうなんでしょうか？　というか、懐いてるんですかね？」

これまで関わってきたドラゴン達とは、たまたま気が合っただけとも思える。

「とりあえず、リディア姫のことはもうちょっと気遣うようにします。それより、散歩を再開しましょう。ユキトカゲもどっかに行っちゃいましたし」

結衣の言葉に、アレクが同意する。

「そうですね。フィア、行けるかな？」

「ピャ！」

アレクの問いに、フィアは大きく頷いた。


明るい森の中を小一時間ほど歩き回ると、フィアはすっかり落ち着いた。

ときどき木の枝から落ちる雪の音や森に棲む動物達にも、慣れてきたようだ。

結衣の足元から離れようとしないものの、真ん丸の目で興味深げにあちこちを見ている。怯えている様子はない。

雪の中を歩いて体が冷えてきたので、結衣達は散歩を切り上げることにした。

「あ、馬車が戻ってきてる」

森の入り口に戻ると、白塗りの馬車が停まっていた。リディア姫が迎えを用意してくれたようだ。

そちらへ近付こうとした結衣の前に、ディランがさっと飛び出す。

「下がって下さい。様子が変です。——御者（ぎょしゃ）がいない」

「へっ？」

言われてみれば、確かに御者が見当たらない。

その時、馬車の陰から五人の男が現れた。顔の下半分を布で覆（おお）い隠し、手には剣やナイフを持っている。みな体格が良く、いかにも柄（がら）が悪そうに見えた。結衣はぎょっとして固まる。

「何!?」

「ユイ、こちらへ！」

アレクに腕を引かれ、共に後ろに下がる。ディランと近衛（このえ）騎士の二人は揃（そろ）って剣を抜き、男達の前に出た。

「何者だ！　ここがアクアレイトの王城内と知っての狼藉（ろうぜき）か!?」

ディランの問いに、男達は答えない。それどころか無言のまま、いきなり斬りかかってきた。

それをディラン達が迎え撃ち、金属がぶつかる甲高（かんだか）い音が響く。

結衣はその戦いを凝視（ぎょうし）していた。怖くて目を閉じる余裕すらなかったのだ。

近衛騎士の二人が、それぞれ相手の武器を弾き飛ばし、篭手（こて）を着けた拳（こぶし）で殴り倒す。ディランは自分に向かってきた男の腕を取って放り投げ、続けざまに飛びかかってきた二人の男の剣を弾き飛ばした。そして痛そうに手を押さえてよろめく二人を、拳と蹴りで倒す。

戦いはあっという間に終わった。

襲ってきた男達は全員、地面に倒れてうめいている。

「す……すごい……」

結衣の口から、無意識に声が零れた。ディラン達の強さが圧倒的すぎて、倒れ伏す男達に同情さえしてしまう。

（ディランさん、人間相手だと強いって本当だったんだ！）

これまで情けない姿ばかり見てきたので、ギャップが激しい。

ディラン達は剣を鞘に戻し、賊の傍にしゃがみ込んで調べ始めた。

近衛騎士の一人が賊の体を覆う灰色のマントをめくると、色鮮やかな黄色い衣装が現れた。絞り染めのような、オレンジ色の模様がついている。

「この服装、南方にある国のものだな」

「ああ、他の四人も同じだ」

ディランが同意し、更に言う。

「ここも外れとはいえ、王城の敷地内。手引きした者が内部にいるはずだ。今が祭りの時期でなかったら、犯人を割り出せたかもしれないが、今はあちこちから客人が集まっているから難しいだろう」

もう一人の近衛騎士も難しい顔をしていたが、こう提案する。

「いや、ディラン。諦めるのは早い。連れ帰って尋問すれば、手引きしたのが誰か分かるかもしれないぞ。どなたを狙ったにせよ、許せるものではない」

結論が出たところで、三人は賊達を睨みつけた。

アレクがいつになく厳しい表情で、騎士達に声をかける。

「調査は君達に任せます。念のため、アクアレイト側にもこのことを伝えておいて下さい」

「畏まりました」

三人は騎士の礼をとると、すぐにまた話し合いを始めた。

そして近衛騎士の二人が賊達を見張り、ディランが結衣達と共に離宮に戻って応援を呼んでくることになった。

馬車に妙な仕掛けがないか調べていた近衛騎士が、中を覗いて声をかける。

「おい、大丈夫か？」

なんと馬車の中では、御者が縄で縛られていた。縄をほどいてもらった御者は繰り返し礼を言い、急いで御者席に戻る。

忙しく働くディラン達を結衣が呆然と見ていると、アレクが結衣の顔の前で手を振った。

「ユイ？」

「は、はいっ」

慌てて返事をした結衣に、アレクは心配そうに問う。

「大丈夫ですか？」

「はい。ちょっとびっくりしただけです」

いけない。突然の事態に驚き、頭が真っ白になっていた。だが、アレクと話をするうちに、周りを見る余裕が出てくる。

「ピャア……」

「フィア？」

結衣の足元にいたフィアは、何故かうなだれている。

「なんで落ち込んでるの？」

「ピャウ……」

フィアは地面を見つめたまま小さく鳴いた。

(うーん、通訳がいないと分からないわ)

結衣がソラに相談しようと考えていたら、アレクに肩を軽く叩かれる。

「ユイ、ひとまず離宮に戻りましょう。また何かあるといけませんから」

「はい」

結衣は頷いて、アレク達と共に馬車に乗り込んだ。

◆

離宮に戻った結衣達は、一階にある居間で休んでいた。暖炉(だんろ)の中で優しいオレンジ色の炎が揺れている。

何気なく顔を上げた結衣は、暖炉の上の壁にある肖像画と目が合った。リディア姫を少しふっくらさせたような、優しい面立ちの王妃が微笑んでいる。

パーティーで会った本物の王妃様も優しかったなあと思い出しながら、結衣は手の平を火にかざす。もう片方の手に持ったカップに息を吹きかけると、甘い香りが広がった。

見た目がホットチョコレートによく似たその飲み物は、味もそれに近い。南方にある国の名産品で、カルーナというらしい。アクアレイト国では貴族しか飲めない高級品だという。

それをちびちびと大事に飲みながら、結衣は室内を見回す。明るい緑色の壁紙が貼られているこの部屋には白い家具が置かれていて、優しい雰囲気が漂っていた。

その真ん中に置かれた長椅子で、アレクが書類仕事をしている。薪がはぜる音に交じって、ペンが紙の上を走る音が心地良く響いていた。ときどきオスカーと話しているアレクの声も穏やかで、結衣は眠気を誘われる。

フィアは先に結衣の部屋に戻った。アメリアに面倒を見てもらえるよう、近衛騎士に伝言を頼んである。

結衣は小さく欠伸をして、またカルーナを飲んだ。

この部屋に来て、そろそろ一時間くらいになるだろうか。近衛騎士から報告を受けたオスカーがやってきて、賊の狙いが分かるまでここにいるように言われたのだ。安全のためだと言われれば、従うより他ない。

(あとどれくらい、ここにいなくちゃいけないんだろ……。暇だし、フィアの観察日誌でもつけようかな)

カルーナを飲み終えたら、部屋の外にいる護衛の騎士に頼んで、観察日誌を持ってきてもらおう。

そう思ったところで、ディランが居間にやってきた。

「失礼します」

「ディラン、賊の狙いは分かりましたか？」

オスカーがすぐさま問う。痺れを切らしているのは結衣だけではなかったらしい。ディランはアレクに向けて礼をとったあと、オスカーに報告した。

「彼らの狙いは、番竜の子どもでした」

「え⁉」

結衣は思わず大声を上げてしまい、室内にいる面々の注目を浴びる。何でもないと手を振って誤魔化してから、ディランに質問した。

「フィアを殺そうとしてたの？」

「いいえ、隙を見て誘拐しようと企んでいたそうです」

「誘拐？」

不穏な言葉に、結衣は眉を寄せる。

（確かに、誘拐したくなるくらい可愛いけど……）

いくら見た目が可愛くてもドラゴンだ。抱き上げようとすれば重すぎて引っくり返るし、爪や牙で攻撃されれば大怪我をしてしまう。ソラがまだ赤ちゃんだった時は、結衣もしょっちゅう手を噛まれて怪我をしていた。

考え込む結衣に、オスカーが説明する。

「ユイ様、大型ドラゴンの子どもが一匹だけで群れの外に出るのは、大変珍しいことなんですよ。捕まえて子どものうちから調教すれば、貴重な戦力になります。それを狙ったのでしょう」

「オスカーの言う通りだと思います。ですが、そんなことをすれば親ドラゴンの恨みを買ってしまいますから、あまり良い考えとは言えませんね」

アレクが苦笑すると、オスカーが嘆かわしいとばかりに溜息を吐く。

「もしくは子どもドラゴンを売って、お金に換えようとしたのかもしれません。そんな愚か者がいるせいで、怒った親ドラゴンが町や村を襲い、大きな被害が出るのですよ。最悪でしょう？」

話しながら過去の出来事を思い出したのか、オスカーの眉間の皺が深くなる。元々の無愛想さとも相まって、迫力があった。アレクは「ただし」と付け加える。

「子どもドラゴンの誘拐は犯罪ですが、何かの理由で親ドラゴンを亡くした子どもドラゴンを保護することは、認められています」

「なるほど」

二人の分かりやすい説明を聞いて、結衣は納得する。

そこでディランが話を元に戻した。

「フィアがパーティーに潜り込んでいて、大騒ぎになったでしょう？　その時、フィアの存在が客人達に広く知られてしまったようです。ユイ様がフィアの訓練をすることも、客人達の間で話題になっていました。首謀者と思しき客人も、パーティーでフィアのことを知ってさらおうと考えたようですが、フィアの傍に聖竜様がいたから、これまでは二の足を踏んでいたらしいのです」

「ああ、そっか。ソラが近くにいたら出来ないよね」

結衣はなるほどと相槌を打つ。

「ですから、彼らはフィアが聖竜様の傍を離れ、誘拐しやすくなるチャンスを窺っていたのだそうです」

ディランは深い溜息を吐き、首を横に振る。

「そこまでは分かりましたが、首謀者と思しき客人は、知らぬ存ぜぬを通しておりまして……。これ以上の追及は難しいかと」

「祭りの招待客の中に、あんなごろつきを差し向けた人がいるってことですよね。何で捕まえないんですか？」

そんな危ない人とパーティーで話したのかもしれないと思うと、結衣はゾッとしてしまう。

「証拠がない以上、捕縛することは不可能なんですよ……」

オスカーが憎々しげに呟く。

「でも、あの人達が証言したんでしょ？　それだけでは駄目なんですか？」

結衣は拳を握って憤然と問う。あんなに小さくて可愛いフィアを無理矢理さらおうとするなんて、腹が立つったらない。その犯人を野放しにして、またフィアが狙われるようなことがあったらどうするつもりなんだ。

憤る結衣に、アレクが困った顔で説明する。

「首謀者と見られる方に『自分を陥れるための陰謀だ』とでも言われてしまえば、その可能性を否定できません。証拠もないのに下手に追及して、国家間に軋轢を生じさせてしまうのは避けたいのです。納得はいきませんが、今回は特に被害はありませんでしたし、賊を処罰することで片を付けるより他ないでしょう。ただ、騎士による見回りを強化したいと思います。――ディラン」

「はっ、では上官に伝えて参ります」

ディランはそう言って居間を出ていった。オスカーはいつもの無愛想な顔ながら、結衣を気遣うように言う。

「あの賊達はアクアレイト国に拘束されていますので、ひとまず心配はいりませんよ。それに狙いは子どもドラゴンだと分かりましたので、ユイ様はもうお部屋に戻られても大丈夫です」

オスカーに続いて、アレクが口を開く。

「もう、あの森には行かない方が良いですね。人目につく場所にいた方が安全です。今度はフィアではなく、ユイが狙われないとも限りませんし」

「私ですか？　アレクやリディア姫なら分かりますけど……」

二人はどちらも王族だし、外見が綺麗なので誘拐されてもおかしくない。だが、結衣は庶民である上に外見も平凡、男勝りで女性らしさにも欠けている。さらい甲斐がないと思うのだが。

本気で不思議に思って首を傾げる結衣に、オスカーが呆れ声で指摘する。

「ユイ様はドラゴンの導き手でしょう？　それに陛下と交際されていますし、一応女性です。狙われる要素はいくらでもあると思いますがね」

「オスカーさん、一応は余計です！」

結衣は頬を膨らませて抗議した。オスカーはそれを涼しい顔で受け流し、どうして結衣が狙われる可能性があるのかという説明を続ける。

「聖竜様はあなたの味方です。あなたが何か命じれば必ず従うでしょう。それどころか、他のドラゴンもあなたの言うことなら何でも聞くと、勘違いしている人が多いようです。あなたを手に入れれば、全てのドラゴンを従えられると考える輩もいるかもしれません。気を付けるに越したことはありませんよ」

オスカーはさらりと言ってのけたが、結構な爆弾発言だ。

「はああ？　何ですか、それ。ドラゴンが何でも言うことを聞くなんて大間違いですよっ」

「ええ、我々はそれを分かっていますよ。ですが、外ではお伽噺並みに誇張して伝わっているんです。リヴィドール国から遠くなるほど、その傾向が強いですね。パーティーでも何人かから、本当なのかと質問されました」

オスカーはそこで思い出すような仕草をして、僅かに笑みを浮かべる。

「そういえば、『聖竜も見とれるほどの美女らしい』などという噂も耳にしましたよ」

「やだ、何それ聞きたくなかった！」

結衣は頭を抱えた。自分がいかに平凡な顔をしているかはよく分かっているのだ。そういう噂を信じている人に、勝手にがっかりされたら傷つく。

そこへディランが戻ってきて、怪訝な顔をした。

「あの、どうかされたんですか？　ユイ様の声が外まで聞こえましたが……」

「ユイ様が絶世の――」

「わああ、何でもない！　何でもないです！」

オスカーがわざわざディランに説明しようとしたので、結衣は大声で遮った。立ち上がり、ぜいぜいと肩で息をする。それを見たディランは、訊いてはいけないことだったと悟ったらしく、慌てて身を引いた。

「わ、分かりました、申し訳ありません」

結衣はほっと胸を撫で下ろし、椅子に座り直した。

結衣達のやり取りを楽しそうに見ていたアレクが、ふと真剣な目を結衣に向ける。

「ユイ、とにかく人目につく場所にいて下さい。というより、私の目が届くところにいて欲しいのです」

「へっ」

なんだか恥ずかしい台詞をぶつけられて、結衣はぽかんとしてしまった。じわじわと頬が熱くなってくる。

すると、アレクは申し訳なさそうに眉尻を下げた。

「そんなのは、窮屈で嫌ですか……？」

「い、いえっ！」

結衣はぶんぶんと首を横に振る。それでもまだ、アレクは浮かない顔をしていた。

「すみません。あなたには出来るだけ自由に過ごして頂きたいと考えているのですが、こういったことがあると、束縛したくなってしまうのです」

「いや、あの、そんなものでは？　私も家族や友達が事件に巻き込まれそうになったら、きっと外に出るなって言いますよ。それに私、充分自由にさせてもらってるので、気にしないで下さい」

結衣は明るい調子で言った。

今なんて、パーティーへの参加もそこそこに、フィアの世話をさせてもらっているのだ。ドラゴンの導き手だから大目に見てもらえているのだろうが、常識的に考えれば礼儀に反する行動に思える。

結衣の返事を聞いて、アレクは穏やかな表情に戻った。

そのままこちらにやって来て、結衣の頭についた飾り紐に触れる。

ちゃり、という微(かす)かな金属音がした。

「えっ、もしかして髪の毛ボサボサでした？」

結衣はぎょっとして、きょろきょろと鏡を探す。

「違いますよ。お守りに魔力を補充しておいたんです。ユイ、くれぐれもこれを手放さないで下さいね。たとえ何かあっても、これが守ってくれますから」

「は、はい！　そうします！」

ドギマギして、声が裏返ってしまった。

（これを持ってるだけでアレクが安心してくれるなら、喜んでそうしますよ！）

結衣が髪につけている青い飾り紐には、金属製の飾りがくっついている。それには魔法陣が刻まれており、守護の魔法がかけられているそうだ。そして作り手であるアレクには、この飾り紐のありかが常に分かるらしい。

これをプレゼントしてもらった時、アレクから『どこにいても居場所が分かるなんて嫌だろう』と言われたが、結衣は以前この飾り紐のお陰で助けてもらえたし、あんまり気にならない。

「ありがとうございます」

そう言って微笑むアレクに、結衣が笑い返していたら、居間の扉がノックされた。

「アレクシス陛下、サンディア王国の大臣とのお約束の時間です」

「ああ、そうでしたね。今行きます」

アレクは扉の外の男性に返事をすると、もう一度結衣に向き直る。

「では、くれぐれも気を付けて。ディラン、ユイを頼みましたよ」

「はっ」

騎士の礼をとるディラン。それを満足げに見てから、アレクはオスカーに声をかける。

「行きましょうか、オスカー」

「御意(ぎょい)」

静かに立ち上がったオスカーと共に、アレクは部屋を出ていった。

扉が閉まると、結衣は椅子の背にもたれた。未だ心臓はドキドキ鳴っている。どうにか気を紛(まぎ)らわそうと、部屋に残ったディランに話しかけた。

「ア、アレクって心配症ですよね。過保護と言った方がいいかなあ」

「ただ単に甘いだけでは……？　私は胸焼けがします」

ディランは真顔で呟いた。

「えっ、大丈夫？　お水をもらおうか？」

「胸焼けというのはたとえですので、お気遣いなく。……ユイ様。今後、私のことはただの置物だと思って下さい。もしくは家具でも構いません。お二人の邪魔は決していたしませんから」

「は？　いきなりどうしたの？」

そうだ、自分は置物だから別に平気だなどと、ぶつぶつ言い始めるディラン。それを不気味に思いつつ、結衣は扉へ向かう。

「よく分からないけど、調子が悪いのなら遠慮なく休んでね。私は部屋にいるから」

「……平気です。お部屋までお送りします」

そう言って溜息を吐くディラン。

彼の意味不明な態度に首を傾げながら、結衣は居間をあとにした。

◆

「ユイ様っ、賊に襲われたと聞きました！　お怪我はありませんか？」

結衣が客室の扉を開けると、アメリアがものすごい勢いですっとんできた。たじろぐ結衣の周りをぐるぐる回って観察したあと、アメリアは頷く。

「良かった！　お怪我はないみたいですね」

「う、うん。心配してくれてありがとう」

結衣はそう返したものの、内心、亭主の浮気を疑う妻のようだと思った。心配してくれているのは分かるが、観察眼が鋭すぎてちょっと怖い。

結衣は廊下に立つディランを示す。

「ディランさん達が守ってくれたから平気。ねえアメリアさん、聞いて。ディランさん、すっごく強かったよ！　あっという間に三人も倒したの」

「そうですか、兄がお役に立てて、妹としても嬉しいですわ」

アメリアはそう言って、ディランに笑いかける。

「その調子でよろしくお願いしますね、お兄様」

ディランは複雑な表情になり、腕をさすりながら言う。

「やめろ、そんな畏まった呼び方。気持ち悪い……！」

「失礼ですわね」

眉をひそめるアメリアを気にせず、ディランは結衣に会釈した。

「ではユイ様、ゆっくりお寛ぎ下さい。私や交代の者が見張っておりますので、心配ありません。ですが念のため、扉の鍵はかけておいて下さいね」

「はい、分かりました。今日も一日ありがとう。交代の方によろしく」

「ええ、伝えておきます」

ディランが扉を閉めると、すかさずアメリアが鍵をかけた。そして、心から安堵した様子で大きく息を吐く。

「良かった。我が愚兄(ぐけい)も、たまには役に立つのですね」

「ディランさんは、いつも頑張ってくれてるよ。可哀想だから、そんな風に言わないであげて……」

アメリアのディランへの評価があまりにシビアなので、結衣の方が泣けてくる。だがアメリアは微笑むばかりで、それには答えなかった。

(ディランさん、完全にアメリアさんの尻に敷かれてるよね……)

ディランの方が兄なのに、アメリアの方が立場が上らしい。

そこでアメリアがふと思い出したように、寝室の方へ顔を向けた。

「そういえばユイ様。フィアちゃん、戻ってきてから元気がないんです。様子を見てあげて下さいませんか？」

「あ、うん」

落ち込んでいたフィアのことを思い出し、結衣はすぐに寝室を覗いた。ベッドの上や横を見てみたが、どこにも見当たらない。

結衣はリビングの方に戻ってアメリアに尋ねた。

「フィア、どこにもいないよ？」

「えっ？　さっきまで、確かにそちらにいたのですが……」

戸惑った顔で、辺りを見回すアメリア。結衣はもしかしてと思い、窓から外を見る。

結衣の予想は当たった。離宮の庭に座るソラの背中に、赤色の小さなドラゴンが乗っている。

「いたいた、ソラのところにいるわ。ちょっと話してくるね」

「はい、もう暗いのでランプをどうぞ。私はその間に夕食のご用意をしておきますね」

「よろしく！」

見れば、空には星が瞬(またた)いている。そんな時間になっていたことに気付くと急にお腹が空(す)いてきたので、アメリアの心遣いは嬉しい。

結衣はディランに声をかけ、彼と一緒に庭に出た。


「ソラ、こんばんは。フィアと話したいんだけど、通訳してもらってもいいかな」

結衣が右手を上げて頼むと、ソラは機嫌良く返す。

『おお、構わぬぞ。ユイも背中に乗ると良い。魔法で温かくしてやろう』

結衣がソラの尻尾を伝って背中によじ登ると、ソラは宣言通り魔法を使った。ふわっと温かい風が吹き抜けたと思ったら、骨の芯に染み入るようだった寒さが消える。まるで毛布に包まれているみたいに温かくて、冷え症の結衣にはありがたかった。

「ありがとう、ソラ」

結衣は礼を言い、夜空を見上げるフィアの隣に腰かけた。フィアは結衣をちらりと見てから、再び夜空を見上げる。

結衣もつられて空を見た。地平線に藍(あい)色を残した夜空は、分厚(ぶあつ)い灰色の雲に覆(おお)われている。だが、その切れ間から星が見えた。

　結衣は再びフィアを見下ろす。

「フィア、まだ落ち込んでるの？　悪いけど、私には何であんたが落ち込んでるのか分からなくて。教えてくれない？」

　フィアは少しの沈黙のあと、小さく鳴いた。

「ピャーア、ピャウ……」

『賊に怯（おび）えてしまった自分が恥ずかしい、だそうだ。賊？　何の話だ』

「ああ、その件なら大丈夫だから。解決済み！」

『む？　そうか？』

　納得がいかない様子で首をひねるソラ。

　正直に話したら、ソラが大騒ぎするのは目に見えている。だから結衣は強引に話題を変えることにし、フィアに話しかける。

「フィアは弱虫を直して強くなりたいんだよね？」

「ピャア」

「あのね、成長したら体力はつくし、空を飛ぶことも自然に覚えるよ。だけど、怖がりなのが問題なんだよね」

「ピャウ……」

　元々うつむいていたその頭は、今や下を向きすぎてソラの背中につきそうだ。結衣はフィアの頭を優しく撫でた。鱗（うろこ）は冷たく、つるつるしている。

「フィアに私の秘密を教えるよ」

　顔を上げたフィアに、結衣は口元に人差し指を立ててみせる。フィアとちゃんと目が合ったのを確認すると、その大きな三角耳に小声でささやいた。

「私もね、実は結構怖がりなの」

「ピャ？」

　結衣が顔を上げると、フィアの金色の目は大きく見開かれていた。よっぽど意外だったらしく、しきりに首を傾げている。

「ピャウピャウピャーア？」

『どう見ても怖がりには見えないよ、だそうだ』

　結衣は小さく頷くと、また口元に人指し指を立てる。

「秘密にしてるんだもの。あのね、ふりをするの。怖くても怖くないふり。そうしているうちにね、それが本当になるんだよ」

「ピャウ……」

「よく分からない？　今はそれでいいよ。やってみるうちに分かってくるから。それからね、フィア。怖いものってちゃんと見てみれば、実はそんなに怖くないことがほとんどなんだよ。中途半端（はんぱ）にしか見ないから怖く感じるの」

「ピャア？」

そうなの？　というように、フィアは結衣をじっと見上げる。そのあどけない様子に、結衣は自然と笑みを浮かべた。

「そうだよ。目を閉じて怖い怖いって思ってると、怖さが何倍にも膨れ上がるの。目を開けてちゃんと見てみたら、本当は面白いものとか可愛いものかもしれないよ？」

神妙に考え込むフィアを、結衣は温かい目で見守る。頑張って結衣の言葉を呑み込もうとしている様子が、いじらしく思えた。

「ねえ、フィアのお父さんってどんな人？」

「ピャア！　ピャウピャアピャア！」

明るく鳴くフィア。ソラがすぐさま通訳する。

『父さんは強くて格好良いんだ。いつも背筋が伸びてて、きりっとしてて』

「ふんふん、なるほど。フィアはお父さんが大好きなんだね」

シムドの話になった途端、フィアの目に力強い光が宿った。結衣は微笑ましく思って口元を緩める。

「ピャ！　ピャアピャア！」

『うん、父さんみたいになりたいんだ！　だそうだ。良い親子だな』

ソラが感心した様子で呟く。

「だったらね、話は簡単よ。怖かったり自信がなかったりする時は、お父さんの真似をしてみるの。こういう場面なら、お父さんはどうするかなって考えるの」

「ピャウ……？」

「そうやって真似っこしてるうちに、いつかそれが本物になるよ。私、その日が来るの楽しみだな」

結衣は穏やかに微笑んで、フィアの頭を撫でる。さっきまで落ち込んでいたフィアが、すっかり元気になった。

「ピャア、ピャアピャア。ピーゥ、ピャア！」

『うん、ありがとう。ボク頑張るよ！　だそうだ。うむ、頑張れよ、ちまいの』

ソラも激励の言葉を口にする。フィアは嬉しそうに尻尾を振った。

結衣はほっとして小さく息を吐く。子どもが落ち込んでいる姿を見ると可哀想になるので、立ち直ってくれて嬉しい。

結衣はランプを手に取り、ソラの背の上で立ち上がる。

「じゃあ、そろそろ戻ろうか。アメリアさんが夕食を用意してくれてるからね」

「ピャッ」

結衣達はランプの明かりを頼りに、ソラの尻尾を伝い下りる。地面に下りた途端、ソラの魔法が切れたためか、急に寒くなった。

思わず首をすくめた結衣は、急いで部屋に戻ろうと決め、ソラを見上げて手を振る。

「ありがとう、ソラ。おやすみなさい！」

『うむ、おやすみ。ちまいのもな』

「ピャッ！」

元気良く挨拶を返したフィアは、歩き出した結衣の横に並ぶ。

（なんか、ソラもすっかりお兄ちゃんだな）

ソラはフィアをかなり気に入っているらしい。さっきも背中に乗せていたし、可愛がっているのがよく分かる。

（優しい子に育ってくれて、私はとても嬉しいぞ～）

自分が赤ちゃんから育てたソラの成長ぶりに、結衣は感動していた。

◆

その日から、フィアの『お父さんの真似ごっこ』が始まった。

小さな子どもドラゴンが、背筋を伸ばしてきりっとした姿勢をとっているのは、なんとも可愛らしい。結衣は何度も笑いそうになったが、笑ったらフィアがしょげるだろうから必死に我慢した。

だが、結局ソラが笑ってしまい、フィアはしょげてしばらく庭の隅で丸くなっていた。

そんなハプニングはあったものの、その後のフィアはソラの周囲を駆け回ったり、小さな雪だるまを壊す訓練をしたりと、元気に訓練に励んでいた。

訓練を始めて四日目になると、怖がりについてはだいぶ改善されてきた。雪が落ちる音やウサギにびっくりして隠れることはなくなり、それどころかウサギを追いかけるようになったのだ。

捕まえたウサギをおいしそうに食べているのを見た時は、結衣の方がぎょっとしたものである。あまりの可愛さに忘れそうになるが、フィアは肉食のドラゴンなのだ。

ただ、そんなフィアにもまだ怖がってしまう相手がいた。――リディア姫だ。

ドラゴンが苦手らしいと知って以来、特訓に誘うのはやめたのだが、その日はリディアの方から訪ねてきた。

「導き手様、こんにちは」

裾の短いドレスを着たリディアはそう挨拶して、優雅に手を振った。

「こんにちは、リディア姫。今日はどうしたんですか？」

結衣も挨拶を返しつつ、内心かなり驚いていた。ドラゴンが苦手なはずのリディアが、見るからにはりきっていたからだ。

「わたくし、子どもドラゴンの訓練方法を考えたんですの。こういうのはいかがでしょうか？」

やる気に満ち溢れた表情のリディアは、結衣にアイデアを披露する。

「魔法で作り出した光の玉を、子どもドラゴンによけさせるという訓練です」

リディアが呪文のようなものを呟くと、彼女の手の平の上に、野球ボール大の光の玉が浮かび上がった。それは風もないのに、ふわふわと揺れている。

「わあ、綺麗」

誰かが魔法を使っているのをあまり見たことがない結衣は、ファンタジックな光景に目を輝かせる。

「これをどうするんですか？」

「こうやって投げるんです」

リディアはそう言うと、離宮の庭にある噴水に向かって光の玉を放り投げた。

玉は噴水の台座に当たり、パッと霧散して消える。

「生き物に当たっても、痛みはないんですのよ。どうかしら？」

雪玉とは違って安全で、当たっても痛くないらしい。

「これはいいですね！　フィア、やってみよう。……あれ？」

明るい顔でフィアを振り返った結衣は、先ほどまですぐ後ろにいたフィアがいないことに気付き、きょろきょろと辺りを見回す。だが、どこにも見当たらない。

（ドラゴンが来ると分かった途端、いつの間にかいなくなってるディランさんみたい……）

フィアの場合、ドラゴンではなくリディアが天敵なのだろう。

「さっきまでそこにいたんですけど……」

頬を指先で掻き、苦笑いする結衣。

事情を察したらしいリディアは腰に両手を当て、眉を吊り上げた。

「まあっ、敵前逃亡とは情けなくってよ。出ていらっしゃい、わたくしが鍛えて差し上げます！」

そんな風に呼びかけられて、出てくる者はまずいない。案の定、フィアは出てこなかった。

それにしても、この小さな庭園のどこに隠れているのか。日に日に隠れんぼのスキルが上がり、今では結衣ですらその居場所を掴めない。

静まり返った離宮の庭に、寒風の吹きすさぶ甲高い音が響く。

結衣には、リディアがやきもきしているのが手に取るように分かった。

(どうしよう……)

たぶん、フィアは結衣が呼んでも出て来ないだろう。リディアにすっかり恐れをなしているのだ。

「導き手様、あの子どもドラゴンを呼んで頂けませんか？」

リディアに頼まれたので、結衣は仕方なく呼ぶ。

「フィア、出ておいで！」

大きな声で叫んでみたが、フィアはやはり出てこなかった。

結衣は肩をすくめる。

「ごめんなさい、リディア姫。こうなると、なかなか出てきません」

「そうですか……。残念ですわ、せっかく考えてきましたのに……」

リディアはがっくりと肩を落とす。悲しげにうつむく姿は、まるで百合のように儚げだ。小さな罪悪感を覚えて、結衣の胸がちくちくと痛んだ。

どこにいるか分からないフィアに向かって、もう一度声をかける。

「フィア、女の人を前にして、あんたのお父さんはそんな態度を取るの？」

ここで父親のことを持ち出すのはちょっと卑怯かなとも思ったが、仕方ない。

しばらくすると、フィアのか細い鳴き声が聞こえた。ソラがすぐに通訳する。

『母さんに怒られそうな時の父さんは、こんな感じだよ。だそうだ』

「シムドさんも、敵前逃亡することがあるのか……」

あの堂々とした立派な姿からは想像が付かない。

「わたくし、聞きたくありませんでしたわ……」

リディアもショックを受けたのか、思わずといった風に呟く。番竜の長が妻に怯えて隠れることがあるなんて、王女であるリディアにとっては耳に入れたくない情報だったのだろう。

「……分かりました。また出直しますわ」

諦めたリディアが立ち去ろうとしたところで、ちょうど離宮の方へ歩いてくる二人の人物がいた。

アレクとオスカーだ。

今日は、北東にある小国の王族とのお茶会があるのだと言っていた。それが終わって帰ってきたのだろう。

「アレクシス陛下！」

リディアの声のトーンが一気に跳ね上がった。

アレクは結衣達の目の前まで歩いてくると、目を見張って問う。

「今日はリディア姫も一緒ですか？」

どうやらリディアが共に訓練をしていることが意外だったようだ。

「え、ええ。ですがわたくし、城に戻ろうと思っていたところですの」

僅かに言葉を詰まらせたあと、リディアはそう誤魔化した。フィアに隠れられてしまったことは知られたくないみたいなので、結衣もそれに乗っかる。

「そうなんですよ。そして今は隠れんぼをしているところなんです」

「そうなのですか……」

　怪訝な顔で頷くアレク。

『……ぶ、くくく。はははは』

　結衣達のやり取りが滑稽に思えたらしく、ソラが笑い出した。結衣が軽く睨むとぴたっと口を閉じたが、顔を後ろに向けてまだ笑っている。

　アレクは、そんなソラを不思議そうに見上げた。このままではまずいと思ったのか、リディアがさっとアレクの前に回り込み、半ば強引に話題を変える。

「陛下、今日の午後はお時間はありますか？　おいしい茶葉が手に入りましたので、一緒にお茶でもいかがかしら？」

「このあとは……」

　アレクがオスカーに目を向けると、オスカーが素早く答える。

「お茶会がもう一件入っております、陛下」

「……ということです、申し訳ありません、リディア姫」

「そうですか、先約があるなら仕方ありませんね」

　リディアは肩を落とし、しおらしく答えた。

（午後もお茶会なんだ。アレクは本当に忙しいなあ）

　そんな予定があるとは知らなかったので、結衣は人気者は大変だなと考える。

リディアは小首を傾げ、更に質問した。

「ところでアレクシス陛下、我が国の竜舎をお見せするという件、いかがなさいますか？　わたくしは明日しか時間が取れないのですが……」

「そうでしたね、フィアのことにばかり気をとられて忘れていました。申し訳ありません。明日はどうだったかな、オスカー」

アレクはちらりとオスカーを見る。オスカーは懐(ふところ)から出した帳面を開き、さっと予定を確認して答えた。

「午後でしたらお時間がとれます」

「では、午後にいかがですか？」

アレクが確認すると、リディアは嬉しそうに微笑んだ。

「ええ、では明日の午後に。馬車でお迎えに参りますわね。本日はこれで失礼します」

リディアはドレスの裾(すそ)を持ち上げ、結衣が見とれてしまうほど優雅にお辞儀をする。そして庭の隅(すみ)に控えていたお供の騎士と共に、軽やかに去っていった。

「アレクはお茶会続きで大変ですね」

結衣は感心して言う。自分だったら、お茶の飲みすぎで気分が悪くなりそうだ。

「ああ、あれは嘘です」

オスカーがしれっと答えた。

「……は？」

オスカーの口から嘘という言葉が飛び出すなんて。思わず耳を疑う結衣をよそに、オスカーは続ける。

「アクアレイト王家の方々とは、晩餐会などでも充分交流しています。それよりも陛下の息抜きを優先しただけです。それにユイ様だって、この国に来てから仕事続きですからね。少し休まないと身が持ちませんよ」

「つまり、どういうことです？」

「ここまで言っても分からないのですか、ユイ様。午後のお茶会の相手はユイ様ということです」

「ええ!? 今のオスカーさんの説明を聞いて、そこまで分かりますか？ ひどい、まるで私の頭が悪いみたいに……！ 確かに良くはないですけど！」

憤慨する結衣に、オスカーは平然と返す。

「自覚していらっしゃるようで安心しました。……ああ、冗談です。あなたは頭が悪くなどありませんよ。それよりも、私は陛下だけでなくユイ様にも休んで頂きたいのです。それなら、お茶会をすれば解決ではありませんか」

自分の考えに満足した様子で、オスカーは頷いた。

「私にとってはありがたい話です。オスカーから休息をすすめてくるのは珍しいですし」

「リヴィドールにいる時は、陛下自ら充分に息抜きをされているので、口出しする必要がないだけです。ですが、ここにいる間は私が気を付けないと、諸外国の皆さんに予定を埋められてしまいますからね」

さらりと返すと、オスカーはアレクと結衣にお辞儀する。

「では、私は会場に戻ります。リディア姫に嘘をついた手前、晩餐会まで離宮にいて下さいよ」

そう言って黒衣の裾を翻し、オスカーは王宮の方へ歩いていった。

アレクは苦笑を浮かべる。

「オスカーも休むべきだと思うんですが、仕事中毒ですから仕方ありませんね」

「そんな感じですよね、オスカーさんって」

「さて、せっかくですし、久しぶりに息抜きをさせてもらいましょう」

「はい！」

アレクとのんびりお茶を飲むのは、パーティーの初日以来だ。結衣が浮かれていたら、足元で声がした。

「ピャア」

「あ、フィア。出てきたのね」

足元を見下ろすと、フィアがちょこんと座っていた。雪だまりか繁みにでも潜っていたのか、体のあちこちに雪がくっついている。

フィアはぶるぶると体を震わせて雪を払い飛ばす。結衣は思わぬ雪の攻撃を浴びて、ズボンの膝が濡れてしまった。

結衣はしゃがみ込んでフィアと視線を合わせると、小さな額を指先でちょんとつつく。

「もう、何でリディア姫が来ると隠れちゃうの？」

「ピャー、ピャッピャッ」

『あの人間はボクのことが嫌いだ、と言っているぞ。我もそう思う』

結衣はソラを軽く睨む。

「ソラまで。リディア姫がせっかく訓練方法を考えてくれたのに、失礼だわ。本当に嫌いだったら、そんなことしないよ。むしろ、なるべく関わらないようにするはずでしょ？」

『ああ、確かに。ユイの言うことも一理あるな』

ソラはそう言ったものの、どうでもいいと思っているのか、ふあーあと大きな欠伸をした。眠たげに目を瞬かせたソラは、その青い目でアレクを一瞥する。

『盟友はどう見る？』

「私も姫はドラゴンがお嫌いだと思いますが、フィアに強くなって欲しいという気持ちは本物だと思いますよ」

『なるほど、そうか。我はてっきり、盟友に近付くための口実にしているのかと思っていたが……』

ソラは何やらぼそぼそと呟くと、前足に頭をのせて目を閉じる。本格的に眠る態勢に入ったようだ。

「それはどうでしょうか」

『ふん、のらりくらりと……。ユイを泣かせたら我が怒るからな』

「そんな真似はしません」

アレクとソラの会話から不穏な気配がしたので、結衣は両者を順番に見やる。

「ちょっと、今の話題に、何で私が関係あるの？　それに、このお祭りは外交の場でもあるんだから、リディア姫がアレクに近付こうとしてもおかしくないじゃないの」

『ユイが気にしていないなら別に構わぬ』

ソラはどこかつまらなそうに呟くと、とうとう目蓋（まぶた）を閉じた。

すぐに、すやすやと寝息が聞こえてくる。

「……寝ちゃった。こんな天気が悪い中でよく眠れるわね」

結衣は立ち上がり、鈍色（にびいろ）の雲が重苦しくたち込めた空を見上げる。冷たい風が吹き始め、嵐が来ることを予感させた。

「アレク、雪が降ってきそうです。早く中に入り――」

その結衣の声は、途中で雷の音に掻き消された。

「……!?」

結衣はとっさに、手近にあったものにしがみつく。

「今の雷は近かったですね。大丈夫ですか？」

「わーっ、すみません！」

とっさにしがみついたものがアレクの腕だったと分かり、結衣は慌てて離れようとした。だが、アレクがそれを止める。

「いいですよ、掴まっていて。怖いんでしょう？　前に竜舎でも雷に驚いていましたよね。その時から、苦手なのだろうなと思っていました」

「いえ、そんな……。この程度でビビってたら、フィアのことを怖がりだなんて言えませんから！」

そう言い訳したものの、本当はかなりビビっている。空からはゴロゴロと不穏な音が聞こえ、時折稲光が走った。

「あ、あのですね、小さい頃にですね、目の前の木に雷が落ちたのを見て、腰を抜かしてしまったことがあって。でも、ちょっと苦手なだけで、別に怖いとかじゃ……」

「ユイ、大丈夫です。雷が怖いのは誰でも一緒ですから」

「え？　そうなんですか？」

意外に思って、結衣は目を瞬かせた。

「でも雷を怖がるのって、なんかカワイ子ぶってる感じがしません？」

結衣は結構真面目に訊いたのだが、アレクに妙な顔をされてしまった。

「何です？　カワイ子ぶるって……。よく分かりませんが、雷は大の男でも苦手なものですよ。遠くで鳴っている分には平気でも、近くで鳴る雷を好ましく思う者はなかなかいないでしょう。甘く見ていると死んでしまうこともありますからね。竜騎士は特に神経質になりますよ。なぜなら飛行中に落雷に遭うことがあるからです」

「そうなんですか……！」

この世界では、雷を怖がっても馬鹿にされないらしい。結衣は『異世界万歳！』と心の中で叫んだ。

だが、頭上では相変わらず空がうなり声を上げていて、そのたびに首をすくめてしまう。

「陛下、ユイ様、中へお入り下さい。外にいては危険です」

いつも通り木陰に隠れていたディランが、室内を示す。それにアレクは頷いた。

「ディランの言う通りです。ひとまず離宮に入りましょう」

「でもソラは……」

「聖竜は光を養分にするのをご存知でしょう？　もし雷が落ちても、体に吸収されるだけです。死ぬどころか怪我もしません」

「ソラ、すごい！」

結衣は思わず歓声を上げていた。道理で、こんな天気の中でものんきに眠れるわけだ。

そうなると、次はフィアだ。

「フィア、部屋に逃げよう……あれ？」

結衣は小さなドラゴンを部屋に連れていこうと声をかけたが、気付けばどこにも見当たらない。

「あの子どもドラゴンなら、すでに離宮の入り口の方へ走っていきましたよ」

ディランにそう教えてもらい、結衣はさすが逃げ足が速いとうなった。

◆

窓の外は真っ白に染まっていた。

あれからたった数分しか経たないうちに、外は猛烈な吹雪になったのだ。甲高い風音の中に、雪がガラスにぶつかる音が混じる。

「巻き込まれる前に部屋に入れて、良かったですね」

「本当ですね」

アレクの言葉に、結衣は大きく頷いた。あんなのに巻き込まれていたら、とんでもないことになっていただろう。

結衣は窓の外に目を凝らす。

吹雪の隙間から、白銀の鱗が見えた。ソラは吹きつける風も気にせず眠っているようだ。

結衣はアレクに誘われて、一緒に長椅子に腰かけた。フィアは暖炉の前に陣取って丸くなる。

離宮付きの侍女がお茶を淹れ、目の前のローテーブルに置くと、すぐに出ていった。お茶のいい香りがふわりと広がる。

暖炉の中で薪がはぜる音が、耳に心地良い。遠くから聞こえる雷鳴や風の声も、だんだん気にならなくなってきた。

そんな穏やかな雰囲気に浸りながら、結衣がお茶を飲んでいると、ふとアレクが訊いてきた。

「ユイ。ユイの国での交際というのは、どういうことをするのでしょうか？」

「交際ですか？　そうですねえ、デートをします」

「デート……それはなんですか？」

そう訊かれて結衣は不思議に思ったが、もしかしたらリヴィドール国にはデートをする習慣がないのかもしれない。

結衣は自分の知る範囲のことを、指折り数えながら挙げていく。

「食事に行く、お茶をする、散歩をする、ショッピングをする……あとは遊園地に行ったり、ドライブしたりもしますね。あっ、映画を観たりとか」

「ユウエンチとドライブとエイガというのは……？」

アレクは首を傾げる。遊園地というのは機械の乗り物がたくさんある広い公園みたいなもので、ドライブはこの世界で言えば馬や馬車でどこかへ出かけること、そして映画は劇のようなものだと結衣は答える。

「なるほど……。ユイの国では婚約を申し込む前に、それらを一通りこなさなくてはいけないんですね？　分かりました」

真面目に呟くアレクが可愛らしく見えて、結衣は小さく笑う。

「ある程度親しくなったら、一緒に暮らしてみることもありますよ」

「待って下さい。まだ結婚していないのに、一緒に暮らすのですか？」

アレクは目を見張る。その顔には信じられないと書いてあった。

「そうですよ。それで意外と気が合わなくて、喧嘩になるケースもあるみたいです」

「もしや、ユイもそのような経験が？」

「私が？　まさか。ずっと犬一筋で来てますから、男の人と付き合っている暇なんかなくて。今は寮暮らしですし、犬の訓練所は山奥にあるから出会いもありませんし。そもそも私、男っぽいからか、全然モテなくて……」

話しながら、だんだん悲しくなってきた。自分で自分の傷口に塩を塗りまくっている気がする。

「アレクこそ、恋人がたくさんいたんじゃないですか？」

パーティーでのモテっぷりを見るに、いなかったわけがない。

だが、アレクは小さく笑って首を横に振った。

「それこそまさかですよ。私は十三の時に騎士団に入れられて以来、そこで上手くやっていくので精一杯でしたから。騎士団は男所帯ですし、ユイ風に言えば出会いがありませんでしたよ」

冗談めかして付け足し、アレクは昔を思い出すように遠くを見た。

「思えば、任務で戦場にいることが多かったですね。生き延びることばかり考えていて、恋人を作る暇などありませんでした。むしろ王になってからの方が時間にゆとりが出来るとは思いませんでしたよ」

「……なんだかすみません」

アレクに辛い話をさせてしまったと思い、結衣はうつむいた。

（アレクはお兄さん達に嫌われて、騎士団に入れられてたんだった。それをうっかり忘れるなんて、どうかしてるわ！）

と、心の中で自分に駄目出しする。

アレクは兄達を差し置いて聖竜の盟友候補に選ばれたため、嫉妬した兄達から嫌がらせを受けていたという。こうしてのんびり休んでいる時くらい、そのことを忘れさせてあげたい。

結衣は慌てて話を元に戻す。

「えーと、リヴィドール国での交際は、どんな感じなんですか？」

「私は王族や貴族の場合しか知らないのですが……」

結衣はアレクの言葉の続きを待ちながら、きっとお茶会や散歩をするのだろうなと想像する。

「普通は交際などしません。親が決めた許嫁と、時期が来たら結婚します」

「え？　それだけですか？」

「王族や貴族の結婚なんて、そんなものですよ。いわゆる政略結婚というやつです。相手の人柄など関係なく、重視されるのは身分や家柄のみですね」

アレクは何でもないことのように言ったが、親が決めた許嫁と結婚するなんて、恋愛結婚が普通だと思っていた結衣には理解しがたい。せめてデートくらいすればいいのにと思うが、ここではそれが普通なのだから仕方ないだろう。

そこでふと気付き、結衣は首を傾げる。

「それでいくと、アレクにも許嫁がいるんじゃ？」

「私は戦でいつ死んでもおかしくありませんでしたから、そんな者に娘を嫁がせる親などいませんよ。もし運良く生き延びたとしても、妻やその家族も兄上達から迫害されることになったでしょう。簡単に想像がつきます」

「うっ」

どうやら、アレクは結衣が思っていた以上にシビアな人生を送ってきたようだ。あれだけ女性に人気があるのに縁談がなかったということは、本当にいつ死んでもおかしくないと見られていたのだろう。

　またもや辛い話をさせてしまって、結衣はうなだれた。

「……すみません」

「いえ」

　アレクは気にしていないようで、柔らかく微笑んでいる。

「でも、そんな状況で暮らしてきたのに、アレクはよく穏やかでいられますね。私がアレクだったらその意地悪なお兄さん達を恨んで、トゲトゲした人になっていそうです」

　そう不思議がる結衣に、アレクが苦笑して言う。

「私は、温和だった母によく似ているのだそうです。兄達は父親似だと言われていました。父が母にベタ惚れだったお陰で父からは味方してもらえたので、こうして生きています。ちなみに、両親は恋愛結婚だったんですよ」

　アレクが父からは味方してもらえていたと知り、結衣は自分のことのようにほっとした。

「それは良かったですね。それに王族や貴族にも、恋愛結婚はあるんですね」

「ごく少数ですが、ありますよ。ただし、互いの親の理解を得る努力をしなくてはいけませんが」

「なるほど」

　昔の日本みたいだな、と結衣は思った。

「私は交際の仕方を知らなかったので、ユイに交際から始めたいと言われた時は戸惑ったのですが……。こういうのも良いものですね。お茶をしたり食事をしたり、とても楽しいですよ。ですが、もう婚約していることは忘れないで下さいね」

「は、はいっ」

強く念を押され、結衣は慌てて頷いた。

(別に忘れてはいないけど……)

むしろ、飾り紐を見るたびに思い出してしまうくらいだ。ただ、結婚というのは大きな問題なので、どうしても気楽には考えられない。しかも国際結婚どころか異世界結婚なんて、いったいどうなるのか見当もつかなかった。

結衣は飾り紐の端(はし)を指先でいじりながら、ふと気付いたことを口に出す。

「そういえば、この国では飾り紐を付けている人がいませんよね。これってリヴィドールだけの風習なんですか?」

「ええ。我が国では十三歳の誕生日から、髪に飾り紐を付ける決まりがあるのです。結婚相手が決まったら、飾り紐を自分の命と見なして交換するんですよ。我が国は、アスラ国との戦(いくさ)でいつ滅んでもおかしくありませんから」

「命の交換……」

結衣は思わず、飾り紐をいじる手を止めた。冷や汗がぶわりと噴き出す。単に婚約指輪みたいなものだと思っていたこの飾り紐に、そんなに重い意味があったなんて。軽い気持ちで受け取ってしまったので、とても気まずい。

「ああ、元々はそういう意味合いがあるというだけです。今では単なる飾りですよ。私は前代の聖竜エルマーレ様からその話を聞いてたまたま知っているだけなので、重く受け取らないで下さい。ひとまず、私も交際を頑張ってみますね」

「は、はい」

交際って頑張るようなものなのだろうかと結衣は思ったが、アレクが真剣なので口にはしなかった。

外は極寒なのに、この部屋はなんだかとても温かい。結衣はアレクと寄り添って座ったまま、小さな幸せを感じていた。気付けば雷への恐怖は、どこかへ消えてなくなっていた。

◆

アクアレイト国滞在九日目。

朝になっても天候は回復していなかったが、風の勢いは少し弱まっていた。

その日の午後、結衣達はリディアとの約束通り、アクアレイト国の竜舎を訪れた。

屋根がカマボコ形をした石造りの竜舎は、外から見るとリヴィドール国の第一竜舎とよく似ている。だが、中の構造は全く違っていた。

壁の篝火を頼りにして地下へ下りると、水の音が聞こえてくる。やがて一本の通路を挟んで造られた細長いプールが目に飛び込んできた。

「わあ、すごい。水路みたい！　生簀にも見えるなあ」

結衣は物珍しくて、きょろきょろと辺りを見回す。

石造りの床には魔法の明かりが埋め込まれているらしく、薄暗い室内を幻想的に照らしている。その光が水面に反射し、青い影が天井でゆらゆらと揺れていた。

檻で中型ドラゴン一頭分ずつ区切られたプールには、青い鱗を持った水種の中型ドラゴンが浮かんでいる。首が長くて額に一本の角が生えており、背中には一対の翼があった。翼の形はコウモリのそれに似ていて、飛膜は銀色だ。よく観察すると、足はひれのような形をしているのが分かった。

（なんかネッシーみたい）

結衣は地球の伝説の生き物を思い浮かべる。

見た目の優美さももちろん素晴らしいのだが、結衣は何より水種のドラゴン達の優しそうな目が気に入った。

「もしや、ここは湖をそのまま利用しているんですか？」

アレクの問いを、リディアは肯定する。

「ええ。この王都が湖の上に造られているのはご存知でしょう？　ですが、ここだけは埋め立てしていないのです。ドラゴン達は、あちらから外に出られるようになっていますのよ」

リディアの指差す先を見ると、通路の奥がスロープ状になっていた。

リディアに案内されて緩やかなスロープを上った結衣達は、地上へ出る。その先には幅の広い水路があった。

「ここから水路に飛び込んで、湖まで泳いでいくというわけですね」

アレクが納得した様子で言う。いかにも興味津々といった感じで楽しそうな彼は、少年のように見えた。

「へえ、面白い。でも竜舎から出そうとしても、素直に移動する子ばかりではないと思うんですが、そういう時はどうするんですか？」

「その点は大丈夫です。水種の中型ドラゴンはとても気性が優しいので、飼育員や竜騎士の言うことをよく聞きますの。どうしても動かない時は、大きな音を立てて追い立てるそうですわ。耳が良いので、大きな音を嫌がるのだとか」

リディアが淀みなく説明した。

(種類によって気性が違うのね)

そう感心しつつ、結衣達はスロープを下って再び竜舎内に戻る。

「このドラゴン達を育てる上で大変なのって、それくらいですか？」

結衣の問いを、リディアは否定する。

「いえ、飼育員が最も苦労するのはブラッシングですわ」

「ブラッシング？」

結衣は目を丸くした。

中型ドラゴン達を改めて観察するが、毛が生えているようには見えない。

「正しくは、貝や藻をブラシでこすり落とす作業、ですわね。体に貼りつくそれらを定期的にこすり落とさないと、体調を崩してしまうのです。野良ドラゴンの場合は湖底にある岩などに体をこすりつけるようですが、ここではそれが出来ませんから」

「はあ、なるほど」

「水種のドラゴンを育てるには、そういった苦労があるんですね」

アレクはしきりに頷いて、ドラゴン達を見つめる。

リディアの説明が終わると、アレクは名残惜しそうにしながら礼を言った。

「今日は貴重なものを見せて頂き、ありがとうございました」

「どういたしまして。我が国のドラゴン達を気に入って頂けて、光栄ですわ」

そう言って微笑むリディア。薄暗いこともあってか、その笑みはどこか妖艶だった。

リディアはアレクの傍にすっと近寄り、その腕に手を掛ける。

「ところでアレクシス陛下、父から何か聞かれていませんか？」

ささやくような声で訊くリディア。

（あれ？　なんか距離が近すぎない？）

さすがの結衣も、ちょっとばかりむっとした。

——その瞬間。

「リールル！」

「わっ！」

すぐ傍の檻にいる中型ドラゴンが鳴いたと同時に、結衣は頭から水を被っていた。

「なに!?　冷たい！」

何が起きたのか分からず混乱する結衣の前で、中型ドラゴンは「ルル、ルル」と楽しげに鳴いている。

「大丈夫ですか⁉　ユイ」

「ええ、大丈夫ですけど……意味分かんない」

結衣は呆然としながら、心配するアレクに返事をした。隅に控えていた飼育員が、タオルを手に駆け寄ってくる。

「申し訳ありません、導き手様！　このタオルをどうぞ！　――おい、お前達、温かい飲み物を持って来い！」

年かさの飼育員が、若手の飼育員達に向かって叫んだ。

「あ、やっぱりやっちゃいましたか」

「熱いお茶を準備してます、はいどうぞ！」

わらわらと集まってきた飼育員達が、手際よくタオルやカップを渡してくる。結衣は混乱したまま礼を言う。

「え？　あ、ありがとうございます」

あまりの手際の良さを怪訝に思ったらしいアレクが、年かさの飼育員に問う。

「いったいどういうことです？　こうなることが初めから分かっていたんですか？」

「も、申し訳ありません。このドラゴンは悪戯好きなので、もしかしたらと思って準備をしていた次第で……」

「こいつは気に入った人間にだけ悪戯する、困った奴なんです」

と、若手の飼育員が援護する。

「親方なんか毎日水を浴びせられて、冬になるとたびたび風邪で寝込むんですよ」

「余計なことは言わなくていい。引っ込んでろ！」

親方と呼ばれた年かさの飼育員は、軽口を叩いた若手を睨む。若手の飼育員は首をすくめて、すぐにその場を離れた。

リディアは信じられないとばかりに親方に詰め寄る。

「水を被せるだなんて、賓客に対して失礼ですわ！　このドラゴンのしつけはどうなっていますの⁉」

「申し訳ございません、姫。非常に優秀なドラゴンなのですが、悪戯好きなのだけは直らなくて……」

「言い訳は結構ですわ。監督不行届きにつき、減俸の処分を――」

その時、バチャッという水音と共に、リディアも水を浴びせられた。

「ガウッ！」

さっきの中型ドラゴンが吠える。先ほどの話を聞くに、このドラゴンは親方のことを気に入っているようなので、リディアが親方をいじめていると思って怒ったのだろう。

「ま、まあ、わたくしにまで！」

リディアはショックを受けたらしく、唖然としたまま立ち尽くしている。

結衣は思わず笑ってしまった。

「あはは、素直なドラゴンですね」

「なっ。何がおかしいのですか、導き手様！」

「きっと感情表現が豊かなドラゴンなんですよ。それに、動物に笑ったり怒ったりするなって言っても無理でしょう。お客さんが来た時だけ、別の場所に移動させた方が良さそうですね」

結衣の言葉に、親方は大きく頷く。

「はい。普段はそうしているのですが、この天気なので出すに出せませんでね。ご理解頂きありがとうございます」

「親方さんも大変ですね」

「導き手様っ」

憤慨しているリディアを、結衣は手ぶりと言葉で落ち着かせようとする。

「騒いでも仕方ありませんよ、リディア姫。もういいじゃないですか、私は全然気にしてませんし」

「ですが……！」

飼育員から受け取ったタオルにくるまりながら、納得のいかない様子を見せるリディア。更に何か言おうとして、小さくクシャミをした。

「このままだと風邪を引いてしまいますね。城に戻りましょう」

そのアレクの言葉を機に、結衣達は竜舎から引き上げることになった。

◆

「ユイ様ったら、この間はドレスを泥で汚されて、今度はずぶ濡れだなんて。やんちゃもほどほどにして下さいませ！」

自室に戻った結衣に、アメリアは呆れ顔で小言を言った。

「竜舎のドラゴンにかけられたのよ。自分から水に飛び込んだわけじゃないって」

「当たり前です。飛び込んだというならもっと怒りますわよ、私。真冬にそんなことをしたら、風邪を引いてしまいますわ」

アメリアはすぐに風呂の用意をし、結衣に入浴を促す。

結衣が充分に温まってから出てくると、目の前のテーブルに温かいお茶が置かれた。なんだかんだ言ってもアメリアは結衣に甘い。

「ねえ、着替えってこれしかないの？」

部屋着のワンピースを着た結衣は、アメリアに問う。

「いつも着ていらっしゃる衛兵の制服の替えはありません。リヴィドールからこちらへ来る際、荷物は必要最低限にしましたので」

「えっ、だったらもう少しドレスを減らせばよかったのに」

結衣の言葉に、アメリアは首を横に振る。

「ユイ様、ドレスはいくら用意しても困ることはありません」

「はあ……」

そうは思えないが、たとえ反論したところで絶対に負けると考え、結衣は素直に頷いた。暖炉（だんろ）の前でお茶を飲みながら、アメリアに問う。

「ねえ、アメリアさん。リディア姫ってアレクのことが好きっぽいんだけど……うわっ！」

「まああ、恋バナですか!?　私、大好きです！　恋愛相談ならいつでも受け付けておりますよ！」

目をキラキラと輝かせたアメリアに迫られ、結衣は椅子の上でのけぞった。

「う、うん」

「リディア姫様が陛下を、ですか。この国一番の美姫（びき）として有名ですものね、ユイ様が不安になられるのも当然です。でも、大丈夫ですよ」

アメリアは自信たっぷりに微笑んだ。

「え、でもあっちの方が断然美人だけど？」

「私からすれば、ユイ様の方がお可愛らしいですわ！」

「そ、そう？　ありがたいんだけど、なんだろう。私の方が年上なのに可愛いって言われると、変な感じだなあ」

三歳も年下のアメリアに可愛いと言われるのはどうなんだろうと、思ってしまう結衣だった。

「陛下はいつもご謙遜（けんそん）なさいますが、昔から大変おモテになるんです。どの女性とも優しくお話しされますけれど、絶対になびきません」

「ああ、そういえばそうかもね」

パーティーでのアレクの様子を思い出すと、確かにそんな感じだった。

「兄君達がご存命だった時は、陛下に嫁ぐ娘は不幸になると噂されていましたから、女性とお付き合いするのを遠慮なさっていたのだと思いますわ。それに陛下のもとに舞い込む縁談は全て、兄君達に潰されていたようですし……」

「そこまでひどかったの？　お兄さん達！」

「ええ。本当に意地が悪くて、誰かが表立って陛下の味方をすると、その方も嫌がらせを受ける羽目になったのです。盟友候補に選ばれなくて悔しいからって、そこまでなさいます⁉　ほんっとうにひどかったんですよ！」

感極まったのか、アメリアはエプロンのポケットからハンカチを取り出し、目元を拭った。

「陛下があんまり哀れでしたので、他に希望者がいなかった陛下の離宮の侍女に志願しましたの。お陰で出会いがなくて、ちょっと嫁き遅れてしまいましたが」

三つも年下のアメリアにそんなことを言われたら、胸に突き刺さるのでやめて欲しいと結衣は思った。

「とにかく、陛下がユイ様以外の女性になびくなんてありえませんわ！　ユイ様は堂々と構えていらっしゃればよろしいのです！」

「は、はいっ」

アメリアの勢いに押され、結衣は気付けば頷いていた。アメリアは両手を胸の前で合わせ、嬉しそうに微笑む。

「陛下にお取り立て頂き、ユイ様の専属侍女になることが出来ましたの。陛下にお仕えして本当に良かったですわ」

「そうだったんだね。もしかして、ディランさんもそんな感じ？」

アメリアは首を横に振った。

「いいえ。兄はトカゲ嫌いが原因で陛下の兄君達に嫌われ、左遷されましたの。以来、陛下の護衛兵を務めていたのですわ」

「……ディランさんらしいなあ」

あれさえなければ、とても頼りになる騎士なのに。

そう思いつつ、結衣はアメリアに向き直る。

「ありがとう、アメリアさん。私もアレクとの交際を頑張ってみるよ」

「ええ、よく分かりませんが、頑張って下さいませ」

不思議そうにしているアメリアをよそに、結衣は気合を入れるのだった。

第三章　聖なるものの一部

降臨祭が明日に迫り、アクアレイト国の王城に集う人々がそわそわし始めた。

結衣とフィアは、パーティー会場から離宮に向かって足早に歩いている。その途中、廊下ですれ違った貴婦人達が、とうとう明日ねと笑いさざめきながら語り合っていた。

明日は羽で飾った帽子を被るだとか、国から鉢植えを持ってきたので生花で飾るだとか言っている。自分の結婚式の時よりも着飾るつもりだという声まで聞こえてきた。

(今でも充分に派手な格好をしてるのに、これより上をいくとなると、劇団員みたいになっちゃうんじゃないかな)

結衣はこっそり想像して、その奇妙さに笑ってしまう。

「ビャー」

何故かしかめ面をしたフィアが、変な声で鳴いた。笑っていた女性達がその奇声に気付いて、こちらを振り返る。皆、フィアを見てぎょっとしたが、一緒にいるのが結衣だと分かると、すぐに安堵した様子でお辞儀した。

どうやらこの世界の女性の多くはドラゴンが苦手らしい。フィアを連れて歩いているうちに、結衣はなんとなく分かってきた。

聖竜のことは崇拝しているものの、それ以外のドラゴンは怖いみたいだ。だが、導き手である結衣が傍にいるならば、小さなドラゴンがいても気にならないようだった。

結衣は歩きながらフィアを見下ろす。

フィアはぷるぷると頭を振って、嫌そうな顔をしていた。この場でフィアが嫌がりそうなものというと、結衣には一つしか思い浮かばない。

「もしかして、香水のにおい？　そんなに嫌なの？　まあ、確かにちょっと甘ったるい香りだとは思ったけどさ」

「ビャアッ！」

ちょっとどころではないと言いたげに、顔をしかめるフィア。そういえば、パーティー会場でもずっとこんな顔をしていたなあと結衣は思い出す。

アクアレイト国の貴族は、男女問わず皆香水をつけている。この国にいる限り、避けようがないだろう。

「諦めて、早く慣れた方がいいよ」

結衣はそう言いながら、ドレスの裾を軽く持ち上げ、更に足を早める。だが、少し前をディランが歩いているので、彼に追いつかないように気を付けた。でないとドラゴン嫌いのディランが可哀想だ。

「ディランさん、急いで急いで。長話ししすぎて、約束の時間に遅れそうなの！」

「こんなところを走るなんてみっともないですよ、ユイ様。淑女は決して走りません」

「アメリアさんみたいなこと言わなくていいから！」

小言を口にするディランにツッコミを入れると、彼は顔を引きつらせた。

「ユイ様、それはあんまりです！　アメリアと同じ扱いをされて、私が可哀想だと思わないのですか⁉」

「いやいや、そんな言い方をされるアメリアさんの方が可哀想だよ。別に似ててもいいじゃない、双子なんだから」

「良くありません！」

軽口を叩き合いながらも、廊下をずんずん突き進む結衣達。離宮はパーティー会場と正反対の位置にあるので、かなり遠いのだ。

赤い絨毯（じゅうたん）が敷かれた廊下を、美術品のような置物や花瓶を目印にして進んでいく。

「さっき花冠（はなかんむり）をつけた女神像があったから、ちょうど半分くらいかな？」

「いえ、もう少し進んでいますよ。あの女神像は昨日と配置が変わってましたから」

「そうなの⁉　よく分かるね、ディランさん」

結衣がディランの背中に向かって称賛の言葉を投げかけた時、急にディランが立ち止まった。危うく激突しそうになった結衣は、数歩たたらを踏んで立ち止まる。

「何で急に止まるの？」

ディランはその問いには答えず、騎士の礼をとって壁際に下がってしまった。

見れば、結衣のすぐ目の前にリディアが立っている。お供の騎士もいた。

フィアがさっと結衣の後ろに移動した。

「導き手様、ちょうど良かったですわ。お会いしたかったの」

「へ？」

結衣はきょとんとしてから、リディアがフィアの訓練の時と同じドレスを着ていることに気付く。

「これから聖火の洞窟に向かわれるのでしょう？　宰相殿からお聞きしましたの。わたくしもご一緒させて頂けないかしら」

「それは構いませんけど……どうしたんですか？　急に」

「祭りの前に、神官や番竜達にご挨拶（あいさつ）しておきたくて。本当はお兄様に連れていってもらう予定だったのですが、お兄様ったら約束を忘れて仕事に出てしまったの。岩山の上へはドラゴンに乗っていくのですが、わたくし、一人ではドラゴンに乗れないものですから……」

恥ずかしそうにうつむくリディア。

アレクの考えが正しいなら、リディアはドラゴンが苦手なはずだ。一人で乗るのは無理だろうし、二人乗りするにしても、家族以外の男性と乗るのは嫌なのかもしれない。

「いいですよ、もちろん。ソラには私から頼みます」

「ありがとうございます」

リディアは嬉しそうに微笑んだ。まるで大輪の薔薇（ばら）が咲いたかのような可憐な笑みだ。結衣ですら胸がときめいてしまったので、男性だったら心臓を鷲掴（わしづか）みにされることだろう。

その時、たまたま近くを歩いていた貴族の青年が、顔を真っ赤にしてふらふらと壁にぶつかった。

美女の微笑み恐るべしである。

「ピァ!?」

感心する結衣とは違い、フィアは悲鳴のような声を上げて後ずさる。どうやらフィアにはリディアの可憐な微笑みが、恐ろしいものに見えたらしい。

「フィア、お願いだから隠れないで。今は時間がないの、いい？」

「ピャア……」

結衣がしっかり釘を刺すと、フィアは涙目になりながらも元の場所に戻った。

「じゃあ行きましょう、リディア姫。実は約束の時間に遅れそうなので、急いでるんです！　私は先に離宮に行って着替えるので、離宮の庭で待っていて下さい！」

「え？　ええ、はい」

驚くリディアに軽く会釈(えしゃく)をすると、結衣は猛然と廊下を歩き始めた。

◆

「間に合った……！」

着替えをたったの十分で済ませた結衣は、アレクとの待ち合わせ時間の三分前に離宮の外に出て、思わずガッツポーズした。

詰襟(つめえり)の白い上着とズボンに長靴を履(は)き、毛織のマントを着ている。女子だって、本気を出せば短い時間で支度が出来るのだ。

結衣は短い髪の毛を指先でちょいちょいと引っ張りながら、フィアと共にソラの方へ駆け寄る。

アレクは赤いマントに紺色の上着と白いズボンという正装姿で、リディアと雑談していた。フィアがさりげなくリディアのいる方とは反対側に回る。

「お待たせしてすみません！」

「いえ、それほど待っていませんよ、ユイ。急がなくて大丈夫です、足元が滑りやすいですから」

「あ、はいっ」

結衣は走るのをやめ、歩いてソラのもとへ向かう。

「ソラ、リディア姫も乗せてあげて欲しいんだけど」

『さっき盟友から聞いたぞ、別に一人増えるくらい構わない。これで全員揃ったな？　では行くぞ！』

皆でお出かけするのが嬉しいらしく、ソラが声を弾ませる。

目的地の岩山までは、ソラに乗ればあっという間に着いてしまうのだが、楽しそうなのでまあいいかと結衣は思う。

「じゃ、ディランさん。行ってきますね」

「はい。お気を付けて」

当然のように居残るつもりでいるディランは、結衣の言葉に大きく頷いた。リディアのお供の騎士も居残るらしく、リディアに「ここで待っています」と告げている。人間よりもずっと強い聖竜が一緒なので、護衛がいなくても大丈夫なのだ。

　結衣達はいつものように、ソラの尾を伝って背中に上る。リディアは恐る恐る上っていたが、聖竜の背に乗せてもらえることに感動してもいると見え、しきりに「神様」とか「感謝します」とか呟いていた。彼女もソラのことは崇拝しているらしい。

　全員の準備が済むと、ソラは青い翼を広げて大きく羽ばたいた。

　あっという間に、地上は遥か下へと遠のく。ソラが魔法で風を防いでくれているので、寒くもなく快適だ。

　透き通った水色の空には、薄い雲が広がっている。

　数日間続いていた嵐は、今朝には収まっていた。まるで女神の到来に合わせて、自然が地上を洗い清めたかのようだ。

（雪が積もった街の景色が綺麗！）

　結衣は眼下に広がる光景に感動した。真っ白なキャンバスの上にミニチュアの家々が立ち並び、湖は青く輝いている。白と青のコントラストがとても美しい。

　すぐに着いてしまっては物足りないと思ったのか、ソラは岩山の周りを二回ぐるぐると飛んだあと、ようやく聖火の洞窟へ向かった。

　黒い口をぽっかりと開けた洞窟が、ぐんぐん近付いてくる。ぶつかるわけがないのに、結衣はつい首をすくめてしまった。

　ソラは難なく入り口を通り抜け、洞窟の中を滑空する。そして聖竜教会の大門が見えたところで、通路を左へ曲がった。

そして、番竜達の住処の入り口に、ふわりと着地する。

「今日は教会に来る人はいないみたいですね。昨日まで天気が悪かったからかな」

結衣はソラの背の上に座り込んだまま、参道の方を見やる。

この間は参道いっぱいに溢れ返っていた巡礼者の姿が全く見えなかった。洞窟内に反響していた話し声も聞こえず、しんと静まり返っている。時折、天井の鍾乳石を伝う雫が地面に落ちる音が聞こえるくらいだ。

「ああ、それは明日が降臨祭だからですよ」

リディアが結衣の疑問に答える。

「今日は部外者の立ち入りを禁止しているんです。神官達が、女神様をお迎えするための最終準備をする日ですから」

ほら、と手の平で参道の一角を示すリディア。見れば白い神官服に身を包んだ女性達が、箒やハタキを手に掃除している。黙々と仕事をする様子は、まるで何かの儀式のようだった。

そこへシムドがやってきた。

「ピャッ！」

父の姿を見てぴょこんと耳を立てたフィアは、すぐにソラの背から下りる。そしてまっしぐらにシムドのもとへ駆け寄り、その前足にじゃれついた。

シムドは柔らかい表情でフィアを見下ろす。

『お帰り、フィア。おお！　なんだか少し雰囲気が変わったな。前より元気になったようだ。導き手様、いったいどんな魔法を使われたのですか？』

ソラの背から下り、シムドの前へ進み出た結衣は、そんなことはないと手を振る。

「魔法だなんてとんでもない。フィアが頑張っただけですよ。ねっ」

「ピャッ」

フィアは可愛らしく返事をした。だが、お父さんの真似ごっこはまだ続いているので、表情はきりっとしている。

シムドは、ううむとうなった。

『子どもの成長は早いと言いますが、これほど早いとは。五日会わない間に、フィアは随分多くのことを学んだようですね。親としては少しばかり寂しいですな』

複雑な心境を口にしつつ、シムドはフィアに頭を近付ける。するとフィアはシムドの頭によじ上り、はしゃいだ声を上げた。子どもらしい無邪気な様子に、シムドはほっと息を吐く。

『良かった。まだまだ子どもですな』

微笑ましい父子のやり取りに、結衣達はくすくすと笑みを零す。

結衣はシムドを見上げ、フィアの訓練の成果を報告した。

「あの、シムドさん。フィアの怖がりが完全に直ったかは分かりませんが、怖いものを減らす努力はしました。明日は降臨祭ですし、今日も午後からその準備があるので、フィアとはここでお別れします」

「ピャ⁉」

フィアはシムドの頭の上で素早く起き上がり、結衣を見下ろす。そして前足で合図をしてシムドに頭を下げてもらうと、すぐに飛び下りた。

結衣の前に立ったフィアは、大きな金の目でしっかりと見つめる。

「ピャアーピャッピャッ?」

『そうだぞ、息子よ。お別れだ』

シムドが肯定すると、フィアは目を潤ませる。そしてとうとう涙が零れ落ちた瞬間、フィアは天井に向かって鳴いた。

「ビャ――――!」

まるでアラームのような、甲高い鳴き声だった。耳をつんざく高音が、洞窟内にわんわんとこだまする。

大人ドラゴン達は何事かとばかりに、首をもたげてこちらを振り返った。その足元にいた他の子どもドラゴン達は、立ち上がってフィアと一緒に鳴き始める。

「ピャアピャア!」

「ピィーアッ」

フィアはキッとそちらを睨んで、更に激しく「ピャーア!」と鳴く。

「いったい何事⁉」

あまりのうるささに、結衣は両手で耳を塞ぎ、ソラを見上げて叫ぶように訊く。アレクやリディアもたまらず耳を押さえていた。鳥のさえずりに似ているが、そんな可愛いものではない。

『他の子ども達が「泣き虫フィア！」と馬鹿にして、フィアがそれに言い返しているのだ』

親ドラゴンの足元を離れ、フィアを取り囲むドラゴンの子ども達。喧嘩になりはしないかと結衣は不安になったが、よく見れば子ども達はフィアに何か話しかけているだけみたいだ。

フィアはびっくりしたように目を丸くし、泣き止んだ。ぽかんとした顔で他の子ども達を見回す。

『ほう、良い子ども達だな』

ソラは微笑ましげに目を細め、しきりに頷いている。一方、フィア達が何を話しているか分からない結衣には奇妙な光景だ。

「どういうことよ、ソラ」

『チビ達は「人間とお別れするのがなんだ」とか、「自分達が一緒にいるだろ、泣くなよ」とか言って慰めている。言葉遣いはちと乱暴だがな』

「本当だ、良い子達じゃない……！」

小さなドラゴン達の友情に、結衣はうるっときた。フィアが頑張っていたのは、仲間を守りたいという理由だけでなく、他の子ども達に馬鹿にされたからだった。それが、実は友情の裏返しだったとは。

「良かったじゃん、フィア。皆と仲良く頑張ってね！」

「ピャッ」

さっきまで大泣きしていたフィアは、今は仲間達に囲まれて元気を取り戻している。だが、やはりまだ寂しいようで、耳をぺたっと寝かせていた。

「ピャア、ピャー？」

『また会えるかなあ？　と訊いているぞ』

「うーん、そうだねえ」

結衣がフィアの質問に答えようとした、その瞬間――

洞窟の入り口の方から、何かが爆発したような、ものすごい音が響いた。


「何、今の音!?　うわっ！」

入り口の方を振り返った結衣は悲鳴を上げた。

煙がもうもうと立ち込める中に、何かが着地したのだ。

その拍子に、石や砂が飛んでくる。とっさに腕で顔を庇った結衣の耳に、パラパラと小石が落ちる音がした。

やがて煙が晴れ、ゆっくりと身を起こしたのは――

「嘘、黒ドラゴン!?」

そこにいたのはなんと、真っ黒な鱗を持つ中型ドラゴンだった。金色の鋭い目でこちらを見据え、低くうなる。

「グルルルゥ！」

黒ドラゴンは地を蹴り、こちらに飛びかかってきた。

身を固くして黒ドラゴンを凝視している結衣の前に、アレクが立ちはだかる。リディアは声にならない悲鳴を上げて、結衣の腕にしがみついた。

結衣は一瞬、最悪の事態を想像した。黒ドラゴンが目の前に立つアレクを攻撃し、そのまま結衣達も爪の餌食になるという想像だ。

だが、そうはならなかった。黒ドラゴンはこちらに到着する前に横から吹っ飛ばされ、壁にぶつかって倒れる。

『大丈夫か、ユイ！』

尻尾の一撃で黒ドラゴンを倒したソラが、結衣に訊く。だが結衣がそれに答える前に、新たな黒ドラゴンが飛び込んできた。ソラがすかさず尻尾で倒す。

『奥へ隠れろ！』

ソラは叫び、結衣達を守ろうと前に出る。すると、アレクが結衣の背を軽く押した。

「ユイ、リディア姫、あちらです。隠れますよ！」

「はいっ。行こう、リディア姫！」

「え、ええ」

自分にしがみついたまま震えるリディアの腕を取り、結衣は番竜の住処の奥へ移動する。アレクは長剣を抜き、敵を警戒しながらついてきた。

奥の方に進むほど、背の高い岩がごつごつと下から突き出しているので、隠れるのにうってつけだった。黒ドラゴンが勢いよく着地するたびに、入り口の方から飛んでくる石つぶてを避けるための壁にもなる。

その間も、ソラは次々とやってくる黒ドラゴンを尻尾で倒していた。その隣にはシムドがいる。

『おのれ、またもや攻め入ってくるとは、魔族めっ！　北の山脈には常に見張りがいるのに、どうやってその目をかいくぐってきたというのだ……！』

悔しげにうなったシムドは、大きく息を吸い込む。そして入り口から顔を覗かせた黒ドラゴンめがけて、容赦なく炎を吐いた。

黒ドラゴン三体を一度で灰にしたシムドは、住処の方を振り返る。

『フィア！』

「ピャッ」

壁際に隠れていたフィアは、シムドの呼びかけにビクリと身を震わせ、短く返事をした。シムドは鋭い目つきを一瞬だけ緩めたが、すぐ厳しい表情に戻してフィアを見下ろす。

『フィア、お前は導き手様達を追いかけ、教会までお送りするのだ。――出来るな？』

シムドはフィアをじっと見つめる。それを見つめ返していたフィアは、やがて頷いた。

「ピャッ」

シムドはふっと目元を和（やわ）らげる。

『よし、それでこそ我が息子だ。頼んだぞ』

フィアにそう声をかけると、シムドは仲間達に呼びかけた。

『メスは子ども達を隠せ！　オスは私と共に戦いに出るぞ！　ついてこい！』

オスのドラゴン達の咆哮が洞窟内に響いた。先ほどの子ども達の大合唱の比ではない。低い鳴き声が洞窟の壁に反響し、恐ろしい旋律を奏でた。

自分が敵だったら、足がすくんでしまうと結衣は思った。それは黒ドラゴン達も同じだったらしく、住処の入り口で足を止め、たじろいでいる。

シムドは真っ先に住処を飛び出すと、入り口で硬直していた黒ドラゴンを踏みつけた。他のオス達もシムドのあとに続く。彼らの行進によって地響きが起き、天井からパラパラと石の欠片が落ちてくる。

オスのドラゴン達が行ってしまうと、ソラが結衣達の方に戻ってきた。そして身を低くして言う。

『お前達、すぐに我の背に乗れ！　急げ！』

ソラの呼びかけに従い、結衣はフィア、アレク、リディアと共にソラの背に上った。

ソラは大きく羽ばたくと、住処を飛び出す。そして聖竜教会の大門前まで移動してから、結衣達を下ろした。

「なんなのこれ、いったいどういうことなの!?」

結衣は激しく混乱していた。何が何だかさっぱり分からない。参道の方で、黒ドラゴンと戦う番竜達の姿が見える。番竜が一列に並んでいっせいに火を吐くので、黒ドラゴン達はじわじわと洞窟の入り口の方へ退いていた。

「魔族ですわ。また攻めてきたのです」

リディアが震える声で言った。篝火の薄明かりの下でも分かるほど、顔色が悪い。今にも倒れてしまいそうだ。

アレクは落ち着き払った声で言う。

「彼らの狙いは、教会内にある聖火です。本当なら洞窟の外に避難して頂きたいのですが、入り口に戻るのは危険なので、その教会の中に避難するしかありません。二人とも、早く教会へ行って下さい」

アレクは教会の方に向けて、結衣の肩を軽く押した。結衣は振り返って問う。

「アレクはどうするの？　一緒に逃げよう！　あんな怪獣同士の戦いに巻き込まれたら、踏み潰されてしまいよ！」

「私はソラと共に戦います」

「無茶言わないで！　だって、あんなの……」

ドラゴン達のうなり声や断末魔の叫び、地響きが聞こえてくる。まるで地獄の底にでもいるかのようだ。

そんな中にあって、アレクはいつも通り落ち着いている。……いや、違う。いつものアレクは穏やかな笑みを浮かべているが、今はそれがない。

結衣はふいに背筋がゾクリとした。

聖竜と共に戦う盟友。それに選ばれるということがどういうことなのか、初めて分かった気がする。人間を代表して戦わなければならないアレクには、逃げることも諦めることも許されないのだ。

でも――

「ねえ、お願いだから、一緒に避難するって言って！」

結衣はアレクを真正面から見つめて頼んだ。だが、アレクは首を横に振る。

「それは出来ません」

「……」

無言でうつむく結衣の背を、アレクが再び押す。

「大丈夫、絶対に負けませんから。さあ、行って下さい！」

爆音や地響きが絶えず聞こえるこんな状況で、大丈夫と言われても信じられない。

「導き手様、行きましょう。私達がここにいても、お邪魔にしかなりませんわ」

リディアが結衣の袖を引っ張った。

それくらい分かっている。だが、なんとなく納得がいかない。今、アレクのために出来ることは何かないだろうか。

じっと考える結衣の頭に、ふと、いつかの出来事が浮かんだ。

結衣はアレクに向き直り、その左腕を掴んで、強く引っ張った。

急に引っ張られたことで、前へとふらつくアレク。そんな彼のこめかみに、結衣は唇を寄せた。

アレクが驚きに目を丸くする。リディアは頬を赤く染め、目を見開いた。

結衣は二人の反応には構わず、アレクに向かって力強く言う。

「――前にアレクがしてくれた、無事を祈るおまじないです！　大人しく教会で待ってますから、迎えに来て下さい。絶対ですよ！」

一方的に約束を取り付けると、結衣は踵を返した。

「行きましょう、リディア姫」

「ええ……」

リディアの足元がふらついているのに気付いて、結衣は彼女の手を取った。気分が悪いのかもしれない。

リディアを支えながら、結衣は教会の門へ向かう。後ろを振り返りたくなったが、必死に我慢した。

「ピャッ！」

フィアに先導されて門の傍まで行くと、洞窟の入り口の方から必死に逃げてくる女性神官達を、門番が門の中へ引き入れていた。

「こっちだ、急げ！」

「早く中に入れ！　門を閉めるぞ！」

門に駆け込む人々の流れに乗り、結衣達も聖竜教会の中へ飛び込んだ。

結衣達が無事に聖竜教会の中へ入ったのを見届けると、アレクはソラの背中に駆け上った。

アレクが首の付け根辺りに座るや否や、ソラは立ち上がる。そしてアレクを青い目で一瞥し、からかうように言った。

『なんだ、顔が赤いぞ、盟友』

「……あの人の不意打ちには参ります」

アレクは小さく息を吐く。自分が妙な顔になっている気がして、左手で口元を隠した。

おまじないの件には驚いたが、それより一緒に逃げようと言ってくれたことが嬉しかった。

聖竜の盟友であるアレクに、そんなことを言う者は誰もいない。それどころか、盟友ならば戦いに行くべきだと、皆口を揃えるだろう。アレクもそれが当然だと思っていたが、結衣に逃げようと言われて、ハッとさせられたのだ。

アレクは結衣の公平なところが好きだ。彼女にとってはきっと、人間もドラゴンも大して変わらないのだろう。

そしてアレクも、彼女にとっては他の人間と変わらない。『盟友』なんていう特別な見方はしないのだ。それがアレクには嬉しかった。

『惚気る余裕があるとは、この状況でさすがだな、盟友！』

愉快そうに笑うソラ。アレクは照れ隠しに、ソラの背中を軽く叩く。

「おしゃべりはそこまでにして、行って下さい。彼らを止めますよ」

『ああ、魔族達を追い払ってやる！』

ソラは激しく息巻いて、大きく翼を広げる。そして、攻め入ってくる魔族と黒ドラゴンの軍勢へと真正面から突っ込んだ。

◆

魔族の軍隊の中に黒衣の青年を見つけた時、シムドの頭にカッと血が上った。

眼前の黒ドラゴンを尻尾で薙ぎ払ったシムドは、ドスンと足を踏み鳴らし、青年――イシュドーラを金の目で見据える。

それは世にも恐ろしい姿だったが、対するイシュドーラは涼しい顔をしていた。

『アスラの王太子！　よくものこのこと姿を現せたものだな！』

シムドにとって、イシュドーラは妻や仲間の仇だ。この手で彼に復讐できる絶好の機会である。

だが、長として生き残った仲間を守るという使命が、シムドに冷静さを取り戻させた。

復讐よりも先に、知っておくべきことがある。

『いったいどうやってここまで辿り着いた？　山脈は、常に我が一族の者達が監視しているはずだ！』

イシュドーラはシムドを見上げ、悠々と返す。

「転移の魔法が使える俺に、愚問だな。――それに」

シムドを馬鹿にした目で見ながら、イシュドーラは鼻で笑う。

「監視がいようが、全部ぶっ潰しちまえばいい話さ」

シムドは怒りに全身を震わせ、ぎりりと歯を噛みしめる。

『貴様、馬鹿にしおって！　許さぬ！』

一度は取り戻したはずの冷静さをすっかり失い、シムドは怒りに任せて火を吐いた。

それは魔族の兵士達を焼き尽くすかに見えたが、そうはならなかった。ドーム状に展開された透明な防壁の表面を滑り、見当違いの方向に逸れていく。イシュドーラの周りにいる兵士達が、魔法を使って防いだのだ。

忌々しい魔法に邪魔され、うなり声を上げるシムド。

イシュドーラは煩わしそうに息をつく。

「あのなあ、番竜。俺だってこんな面倒な戦、したくねえんだよ。だが、夜闇の神ナトクの封印を解くってのは、俺達魔族の悲願でね。封印が弱っている今がチャンスだって、親父殿がうるせえんだよ」

『貴様らの願いなぞ知るか！　炭にしてやる！』

「……ああ、俺もお前らの願いなんざ知らねえしな」

イシュドーラは低く呟き、剣をゆらりと振って呪文を唱える。すると、先ほどの透明な防壁の前に、銀色に光る円盤が現れた。

シムドの吐いた火は円盤に当たるや、そのまま跳ね返ってくる。

『グギャアアア！』

炎に巻かれたシムドは悲鳴を上げ、ゆっくりと後ろへ倒れた。

アスラの兵士達の歓声が上がる中、イシュドーラは笑う。

「馬鹿の一つ覚えで火ばっか吐いてるから、逆手にとられるのさ」

そう言い終えた時には、すでにシムドへの興味は失っていた。

さて、とイシュドーラが洞窟の奥へ目を向ければ、そちらから白銀に輝くドラゴンが接近してくる。

「おお、聖竜！　いいねえ、少しは面白くなってきたじゃねえか」

動揺するどころか楽しそうに呟くと、イシュドーラはソラを迎え撃つべく指揮を執った。

◆

「ちょっと待って！　お待ち下さい！」

人波に流されるまま神殿の奥へと進んでいた結衣達は、人々の合間を縫って駆けてくる一人の女性神官に引き止められた。

その眼鏡をかけた女性神官に、結衣は見覚えがある。

「あなたは、この間案内してくれた……」

「ええ、キリと申します。やはり導き手様でしたか……。そちらは、もしやリディア姫ではありませんか？」

キリは恐る恐るリディアの方を窺った。

リディアは青ざめた顔をしたまま、こくりと頷く。

キリは結衣とリディア、そして結衣の足元にいるフィアを見て、琥珀色の目を潤ませた。

「お可哀想に！　こんな大変な時に居合わせてしまうだなんて……。恐ろしかったでしょう？」

キリは結衣とリディアを優しく抱きしめた。ハーブのにおいが混じった石鹸の香りがふわりと漂う。

キリの優しさに触れて、結衣は鼻の奥がつんとした。この緊急事態にあって、自分で思っていたよりも心が弱っているのかもしれない。

「ああ、ご無礼をお許し下さいませ。つい……。こちらへどうぞ、その小さなドラゴンの子が、避難者の波に巻き込まれてしまいますから」

そう言って、キリは結衣とリディアの手を取り、廊下の隅に誘導してくれた。

キリは先端が光る杖を持っており、それを近くにいた女性神官に差し出す。

「あなた、ここを任せてもいいかしら。私は導き手様と姫様を奥へご案内します」

「分かりました」

キリはその神官と役目を交代すると、再び結衣達の手を引いた。

「こちらです。導き手様、姫様」

結衣達は、広い廊下を奥へと移動する神官達の列に交ざる。

不安げにざわめく神官達に向かって、廊下の奥にいる年配の神官が大声で指示を出していた。

「皆、最悪の事態を想定して、武器を用意しなさい！　魔法が使える使えないにかかわらず、助け合うのです！　怪我人は休憩室へ！　神官見習いの子どもは奥へ避難！　急ぎなさい！」

神官達の多くは、廊下の奥にある大扉には向かわず、途中で右へ曲がる。そちらには彼女達の居住スペースがあるので、そこに隠れるつもりなのだろう。

結衣達もそちらに向かうのかと思いきや、キリはおもむろに列から外れた。

「こちらです」

結衣達の手を放し、手招きするキリ。

「あの大扉の方へ行くんですか?」

結衣が問うと、キリは前を向いたまま首を横に振る。

「いえ、あそこは聖火がおさめられている祭壇の間です。我々はこちらの廊下を進むのです」

キリの示す方を見れば、確かにそこに廊下があった。

結衣は避難する人々を振り返り、キリに問いかける。

「キリさん、私にも何か手伝えることはないですか?」

「そうですわ。わたくしも王族として何か……」

リディアもそう申し出ると、キリが足を止めた。そしてこちらに向き直り、はっきりと首を横に振る。

「いいえ、ありません。無事に逃げおおせることがお二人の仕事です。よろしいですね?」

有無を言わせぬ厳しい雰囲気があり、結衣とリディアは頷くしかなかった。

キリは結衣達の手を引っ張って、廊下をずんずん突き進む。

途中で左に折れて、細い通路を歩いた。この辺りも居住スペースらしく、通路の両側にいくつかの扉が並んでいる。

キリは一番奥にある扉を開いて中へ入り、部屋にあったランプに魔法で火を灯す。

「ここは……？」

結衣は部屋の中を見回した。

樫(かし)材で作られた家具が置かれている、落ち着いた雰囲気の部屋だ。ベッドにチェスト、机と椅子くらいしかないが、どれも立派な代物である。

キリはランプを机の上に置きながら説明する。

「この教会で一番上等な客室です。奥まっているので安全ですよ。トイレと洗面所はその扉の向こうにあります」

そこまで言うと、キリは結衣とリディアを順に見た。そして、まるで子どもに言い含めるかのように、一言ずつゆっくり話す。

「いいですか？ お二人とも。私か他の神官が迎えに来るまで、絶対に部屋から出ないで下さい。絶対ですよ？」

そう言うや否(いな)や、入り口の扉に向かって歩き出す。

「えっ」

結衣が振り返った時には、入り口の扉はすでに閉まっていた。鍵のかかるガチッという音がしたあと、パタパタと軽い足音がして、キリが立ち去ったことが分かる。

部屋の中は静まり返っていた。ランプの芯が焦げ付くジジッという音以外、何も聞こえない。祭壇の間近くの喧噪も、ここまでは届かないようだ。

結衣とリディアはしばらく呆然と突っ立っていたが、やがてのろのろと顔を見合わせた。何も言わなくても、互いに落胆しているのが分かった。

結衣は椅子に腰かけ、リディアはベッドに座る。

「ああ、情けない。隠れるしかないなんて……」

結衣は独り言のように呟いた。

「わたくしもですわ。こういう時こそ、民を導くのが王族の務めですのに……」

リディアは悲しげな表情でうつむく。

「ピャア……」

フィアが結衣の足に前足を当て、気遣わしげに見上げてくる。そこで、結衣はハッと我に返った。

落ち込んでいる場合ではない。フィアを守らなくてはいけないのだ。

「大丈夫よ、フィア。何も出来ないのが、こんなに悔しいとは思わなかっただけ」

「ピャウ」

今度はフィアがうなだれた。

「何で落ち込むの？　あんたはお父さんから任された仕事を、立派にこなしてるじゃないの」

「ピーゥ」

「……今度のは何を言ってるか分からないや、ごめん」

結衣はそう返し、フィアと一緒になって溜息を吐いた。

「このあと、どうしよう……」

どうせ神官が迎えに来るまで部屋から出られないのだが、何か考えていないと落ち着かない。

（ソラやアレクは無事かな？）

ふと考えた時、さっきアレクに対して大胆すぎる行動に出てしまったことを思い出して、一気に羞恥心（しゅうちしん）が湧いてきた。

（わああ、何やったの、私ーっ！　アレク、引いてないといいんだけど……）

こめかみにキスなんて、よくあんな恥ずかしいことが出来たものだ。

思わず頭を抱える結衣の顔を、フィアが心配そうに覗き込んでくる。

「ピャ、ピャア？　……ピャーッ！」

うつむいていた結衣が突然顔を上げたので、フィアは驚いて後ろへ飛びのいた。

リディアも唖然として結衣を見ている。

「どうしましたの？　いきなり」

「や、ちょっとあらぬことを思い出してしまっただけです。……駄目だ、恥ずかしい。何か別のことを考えなきゃ……」

まるで不審者を見るようなリディアの視線を避け、結衣は立ち上がって机に向き直る。そして他のことを考えるために、部屋の中にどういったものがあるかを調べることにした。

まず机の引き出しを開けたが、中は空（から）だった。続いてチェストの引き出しも開けてみるが、こちらも空。よく考えれば客室なのだから、客人がいなければ何もなくて当然だろう。

ベッド周りを確認し、洗面所も見てみる。真鍮の蛇口をひねると水が流れてきた。結衣はすぐに蛇口を閉め、チェストを振り返る。

「水は飲めるけど、食料はチェストの上に置いてあった果物くらいか。あとは……」

チェストの近くの壁に、装飾用の剣がかかっている。柄と鞘に色つきのガラス玉がはまっている、とても綺麗な剣だ。

「これって武器になるんじゃない？」

結衣は装飾用の剣に手を掛けた。そのまま台座から持ち上げようとしたが、鉄で出来ているらしく、両手でないと持ち上がらない。

「うわ、結構重いわね……」

リディアがハラハラしながら言う。

「いったい何をしてらっしゃるの？　剣を持つなんて危ないですわよ」

「お姫様は魔法を使えるんでしょ？」

結衣の唐突な質問に、リディアは面食らった様子で頷く。

「まあ、簡単なものなら……」

「私は魔法を使えないんです。だから、武器があった方がいいかなと思って」

そう言って結衣は、剣を鞘から抜いてみることにする。

「ええと、確かアレクはこんな感じのことしてたよね」

鞘を左の腰に当てるようにして持ち、右手で柄を握って抜こうとした。

「んっ？　抜けない！　うわ、重い。わっ」

「きゃっ」

　ガチャンッという甲高い音と、リディアの悲鳴が重なった。結衣の手が滑って剣が床に落ちたのだ。とっさに足を引いたお陰で、剣が当たって痛い思いをせずに済んだ。

　結衣はもう一度剣を拾い上げ、どうにか抜こうと頑張る。今度は半分くらいまで抜けたが、そこから少しも動かなくなった。

「あれ？　どうなってんの、これ。剣先が何かに引っかかってるのかな。いや、私の持ち方の問題？」

　試行錯誤を繰り返したけれど結局抜けず、結衣は剣を鞘に収めた。これ以上続けても無駄だろうし、下手をすれば怪我をしてしまいそうだ。

「ま、いいや。抜けなくても鈍器としては使えるよね」

　もしこれで戦うことになっても、素手よりはマシだと自分に言い聞かせる。剣を抜くのを諦めた結衣を見て、リディアが心底ほっとしたように胸を押さえた。

「ピャウ？」

　少し離れた位置から見守っていたフィアが、結衣の方に近寄ってきた。大丈夫かと訊かれた気がして、結衣は頷く。

「うん、大丈夫」

　結衣は装飾用の剣を両手で抱え、椅子に座った。今ので体力をかなり消費してしまった気がする。

しばらく座ったままぼんやりしていると、部屋の扉がノックされた。

結衣は扉を見たあと、ちらと左に目を向ける。リディアは緊張した面持ちで、青紫色の目を不安げに揺らしていた。

結衣もまた不安だった。迎えが来るには早すぎる気がしたからだ。

再びノックの音が響く。

(怪しい……。でも、敵がわざわざノックするかな?)

むしろ魔族なら、問答無用で扉を破壊しそうに思える。

「ねえ、開けていいと思います?」

結衣はリディアに小声で問う。するとリディアも小声で返した。

「部屋から出るなとは言われましたが、扉を開けるなとは言われていませんわよね。ですが、妙ですわ。どうして声をかけてこないのかしら」

結局、怪しいから開けないでいようという結論に達した。

結衣とリディアはしばらくの間、じっと息を潜めていた。もし敵が扉を壊して侵入してきた時はこの剣で叩こうと決め、結衣は装飾用の剣を両手で握りしめる。

やがてノックの音がしなくなり、人の気配もなくなった。

「……いなくなったようですわね。ところで、外はどうなっているのかしら?」

「リディア姫?」

険しい顔をしたリディアが、ベッドから下りてそろりと扉に近付く。結衣もリディアの後ろに続いて耳を澄ましたが、音は何も聞こえない。

「ピャウ、ピャア」

まるで扉から離れろとでも言いたげに、リディアのドレスの裾をくわえて引っ張るフィア。リディアは口元に指先を当て、静かにするように言う。

「しっ、ちょっと外を確認するだけですわ」

「ピャア……」

不安げなフィアをよそに、リディアは結衣を振り返る。互いに顔を見合わせて頷くと、リディアがそっとノブを引いた。

すると扉の隙間から、金色の目が覗く。

「ひゃっ」

結衣の口から悲鳴が零れ出た。驚いた拍子に、剣を取り落としてしまう。

ガチャンという音が部屋に響く中、リディアがふらっと倒れた。

「えっ、リディア姫⁉」

結衣はとっさにリディアを両手で受け止めた。

リディアは青ざめた顔をして、目を閉じている。どう見ても気絶していた。

「失礼な奴だな、人の顔を見て失神するなんてよ」

僅かに開いた扉の向こうから、そんな声が聞こえてくる。それが誰の声だか分かった結衣は、リディアをその場に寝かせて扉に飛びついた。

そのまま閉めようとしたのだが、相手が足を挟んで阻止する。

「オイ、久しぶりだってのに、随分な対応だな」

仕舞いには、廊下側から手で思い切り押された。その勢いに負け、結衣は倒れているリディアの隣に尻餅をつく。

「な……何であんたがここに……っ」

まるで性質(たち)の悪い訪問販売みたいなやり口で侵入してきた青年は、魔族の王太子――イシュドーラ・アスラだった。

褐色(かっしょく)の肌に尖(とが)った耳、短い黒髪と金の目を持っている。前に会った時と違うのは、アラビアンナイトに出て来そうな黒衣が冬仕様に変わっていることだけだ。軍服のような詰襟(つめえり)の服の上に、黒いマントを羽織(はお)っている。腰には飾り気のない長剣を提(さ)げていた。

「魔族の軍隊を指揮してるのは俺なんだから、いて当然だろうが」

イシュドーラは結衣を見下ろし、小馬鹿にしたように笑う。

相変わらず柄(がら)が悪い。結衣が街で見かけたら、すかさず避けるタイプだ。

「しかし、良い部屋じゃねえか。外からは扉を開けられない魔法がかかってるとはね。まあ、この馬鹿な女が自分から開けてくれたお陰で、難なく入れたが」

イシュドーラの言葉に、結衣は目を丸くする。

(なんですって!?)

つまりドアを開けなければ、彼に侵入されずに済んだのか。

結衣がショックを受けて呆然としていると、イシュドーラはリディアを見下ろして眉を跳ね上げた。

「なんだ、この失礼な奴、この国の王女じゃねえか？　魔族に会ったくらいで気絶たあ、世話ねえな」

半ば呆れ声で悪態をつくイシュドーラ。

（あんたみたいに神経が図太くないのよ！）

結衣も心の中で悪口を言ったが、怖いのでもちろん口には出さない。内心、味方が一人減ってしまったこの状況に焦りまくっていた。

そこで、イシュドーラが思いがけない行動に出た。

「元気にしてたか？」

まるで長年会っていなかった友人にするかのように、挨拶してきたのだ。

だがとてもじゃないけれど、結衣は挨拶を返す気になどなれない。

イシュドーラは顔は整っているが、どこか冷たい雰囲気がある。やはり、どう見ても逆らったらまずいタイプにしか見えない。

結衣はイシュドーラから少しでも距離を取りたかった。決死の思いで装飾用の剣を拾い上げると、後ろに下がって机を盾にする。

「おいおい、挨拶もなしかよ」

そう言って首を傾げるイシュドーラを、結衣は睨んだ。

「ソラやアレクはどうしたの？　番竜の皆や衛兵もいたでしょ！」

まさか全滅したのかと思うと、手が震えてくる。結衣は剣の柄(つか)を両手でぎゅっと握り締めた。

すると、イシュドーラが近付いてきた。

「今回はお前に用があったんでね、あいつらは無視してきた。俺が転移魔法を使えることを忘れたのか？　邪魔するやつをいちいち倒さなくたっていいんだ。目印があったから、お前を探すのも楽だったぜ」

「め、目印？」

結衣はじりじりと後ろへ下がりながらも、イシュドーラから視線を逸らさずに問う。

「そうだ。その飾り紐にかけられてる魔法だ」

イシュドーラは頷き、結衣の頭を示す。

「道具に込められた魔力はな、道具の製作者だけじゃなく、俺のような魔法に長(た)けている者にも感じ取れるんだよ。しかも、大嫌いな奴の魔力なら尚更だ」

そんな話をしているうちに、結衣の背中が壁についてしまった。

結衣は剣の柄をきつく握りしめて、覚悟を決める。

（このまま追い詰められるよりは……っ）

いちかばちか、結衣はイシュドーラに剣で殴り掛かった。

だが結衣のへなちょこな剣は、イシュドーラが左手を払う仕草をしただけで、見えない力に弾き飛ばされる。

「わ!?」

衝撃で手に痛みが走った。結衣は顔をしかめ、飛ばされた剣を目で追う。剣は右手側の壁にぶつかって床に落ちた。

結衣はそちらへ走ろうとしたが、その前に腕を掴まれ、強く引っ張られる。そのまま壁に背中を押しつけられ、後頭部を打ってしまう。

「いった……っ」

少しは手加減しろと、怒りを込めた目で見上げた結衣は、イシュドーラの顔が思ったより近くにあってぎょっとした。

「その強気なところが良いんだよな」

イシュドーラは結衣の右肩を片手で押さえつけ、にやりと笑う。

「は……?」

どうやら褒(ほ)められているようだが、結衣はちっとも嬉しくない。この状況も意味不明だ。

イシュドーラは結衣の顔をまじまじと眺めて、感想を呟く。

「お前、前は平凡な顔だと思ったが、よく見れば意外と可愛い顔してるんだな」

「は……?」

意外となんて失礼だとか、いきなり何を言い出すんだ気持ち悪いとか、結衣には言いたいことが色々あった。だが、その前にイシュドーラが結衣の頬に触れる。

「ちょっと、触らないで!」

結衣がそう怒鳴った瞬間、飾り紐についている金属製の飾りが光った。

――ドォン！

小さな爆発が起き、イシュドーラが煙に包まれる。

「え？　え？　何？」

いったい何が起きたのかと戸惑う結衣の前で、イシュドーラが右手で煙を払う。小さいとはいえ爆発が起きたのに、イシュドーラは全く被害を受けていない。

「守護の魔法か。リヴィドールのアレクシスは、よほどお前にご執心なんだな」

どこか面白そうに言い、鼻を鳴らすイシュドーラ。

「相手が俺で良かったな。他の奴なら、間違いなくお前の目の前で首が飛んでたぜ。ははは！」

「……ハ、ハハハ」

全く笑えないが、結衣も乾いた笑いを零す。

（ちょっとアレク！　どういうこと!?　なんて物騒な物を私に預けてんのよ！）

内心でそう叫ぶ。アレクが過保護気味なのは知っていたが、これはちょっとやりすぎではないだろうか。

しかし、それよりももっと気になることがある。

「っていうか、何であんたは無事なの？」

「はあ？　お前、持ち物に魔法をかけているのがアレクシスだけだとでも思ってんのか？　馬鹿かよ」

「ばっ、馬鹿じゃないわよ！　失礼ね！」

何だってこういちいち馬鹿にするのかと、腹が立った結衣は思わず言い返した。魔法についてよく知らないだけだ。

結衣はイシュドーラから距離を取ろうともがいたが、彼の力が強くて動けない。結衣は半ば自棄になって怒る。

「私をどうする気なのよ！　またドラゴンの餌にでもする気？　いい加減に怒るわよ！」

怒ってどうにかなる問題でもないが、結衣は自分を止められなかった。

イシュドーラはそんな結衣を楽しげに眺めながら、右手を差し出す。結衣は思わずその手の平を見つめたが、さっぱり意味が分からない。

「お前、聖竜の鱗を持ってるだろ？」

「……え？」

「それを俺に寄越せ」

「はああっ？」

これは予想外の要求だった。確かに聖竜の鱗は綺麗だが、それ以外は何の変哲もないただの鱗だ。もちろん結衣にとってはこの世界と地球とを繋ぐ大事な鍵だが、この世界の住人にとっては意味のない代物だろう。

しかし呆けたのは一瞬で、結衣はすぐに目つきを鋭くする。

「お断りよ！　何で私がソラにもらった大事な鱗を、あんたみたいな奴にあげなくちゃいけないの⁉」

「聖火の封印を解くには、それが必要らしい」

イシュドーラは自らの目的をきっぱりと告げた。

それを聞いて、結衣の指先が冷たくなる。自分が持っている鱗が人間と魔族の戦いのきっかけになるなんて、想像もしていなかったのだ。

「大事なものなら手放さずに持ってるはずだろ、どこにあるんだ？」

イシュドーラが結衣のズボンのポケットに手を突っ込もうとするので、結衣は怒ってその手をはたき落した。

「ちょ、ちょっと、触らないでよ。セクハラ！」

絶対に渡したくなくて、無意識に襟元を押さえる。ソラにもらった鱗はお守り袋に入れて、いつも首から提げているのだ。

イシュドーラはフンと鼻で笑った。

「……そこか。お前、隠すの下手だな」

「ええっ⁉　ちょっ、待っ」

上着のボタンを強引に外され、結衣は焦った。冷たい空気を肌に感じて、ますます慌てる。別に貞操の危機を感じたわけではないが、女として当然の反応だろう。

「これか」

イシュドーラはお守り袋を見つけると、その紐を無理矢理引きちぎった。結衣は首に痛みを感じる。

「返してよ！」

すかさずイシュドーラに飛びついたが、彼はひょいと横に避けた。結衣は勢い余って転んでしまう。

「ふーん、これが聖竜の鱗か。立派なもんだな」

お守り袋から取り出した鱗を眺め、感想を呟くイシュドーラ。結衣は全くもって歯が立たないことが悔しくて、涙目になる。

唇を噛みしめながら上着を着直していると、イシュドーラがこちらを向いた。

「じゃあ、行くぞ」

「え？」

結衣がぽかんとしたのも束の間、気付けば肩に担がれていた。

「ええっ、何で？　それが欲しかっただけなんでしょ!?　何で私まで！」

腕と足を振ってじたばたと暴れるが、膝裏を抑え込まれて、あっさりと足の動きを封じられた。残った手だけで背中を叩いてみたけれど、ちっとも効いている様子がない。

「忘れたのか？　お前を手に入れるって前に言っただろうが。アスラに連れて帰るんだよ」

何でもないことのように言って部屋を出るイシュドーラに、結衣は仰天した。

そのまま無人の通路を進んでいると、後ろ向きに担がれている結衣は、フィアが震えながらもついてきているのに気付いた。こっそり手招きをしつつ、結衣はイシュドーラに問う。

「ねえ、何で私をアスラに連れて行くの？　わけ分かんないし、迷惑！　やっぱり、またドラゴンの餌にする気なの？」

「それはもうしねえ。今度は俺の妃にしてやるよ」

「え？　何？」

なんだか妃なんて言葉が聞こえた気がするが、きっと気のせいだ。聞こえなかったふりをする結衣に、イシュドーラはぞんざいに返す。

「妃。嫁。妻。どれなら意味が分かる？」

「どれも分かるわよっ！　……じゃない！　妃ぃっ？　頭おかしいんじゃないのっ、余計に嫌よ！　下ろしなさいよ！」

結衣はますます必死になって暴れた。飾り紐にかけられた守護の魔法が発動するのは一回きりなのか、肝心な時に役に立ってくれない。

やがて、イシュドーラは細い通路から大きな廊下へ出た。

そこを悠々と歩くイシュドーラに気付き、五人の衛兵が駆け付ける。彼らは槍を構えて結衣達の周りを取り囲んだ。

「止まれ、魔族！　その女性を放せ！」

イシュドーラは言われた通りに立ち止まった。そして衛兵達を愉快そうに眺める。

「お前らじゃ力不足だ。引っ込んでな」

くっと喉奥で笑い、イシュドーラは呪文を呟く。その瞬間、衛兵達は目に見えない力に弾き飛ばされた。彼らは床に倒れて、うめき声を上げる。必死に起き上がろうとしているが、指先で床をいたずらに掻くだけだった。

まるで地面に放り出された魚のような彼らを見て、結衣は青くなる。

「ちょっと！　何てことすんのよ！」

「うるせえな。ああなるのが嫌なら黙ってろ。そうやってお前が騒ぐから寄ってくるんだろうが」

「勝手なこと言わないでよ！　あんたが攻撃しなきゃいいだけでしょ！」

結衣は大声で言い返し、どうせ騒ぐなら助けを呼ぼうと思って息を吸い込む。

「ソラー！　アレクー！　助けて――っ！」

「ちっ、面倒な真似を……」

イシュドーラは舌打ちし、また呪文を呟いた。

結衣がハッと気付くと、立派な彫刻が施(ほどこ)された大きな扉の前にいた。さっきキリが教えてくれた、祭壇の間の扉だ。

（うっ、気持ち悪い……！）

突然、頭痛と吐き気に襲われた結衣は、一瞬にして騒ぐ気力を失った。

気持ち悪さに耐えながら先ほどいた廊下の方に視線をやると、フィアがこちらに気付き、慌てて駆け寄ってくるのが見えた。

「やけに静かになったじゃねえか。転移酔いか？　そりゃあいい」

イシュドーラはそう言って笑う。転移酔いというのは、転移魔法の副作用のことだろう。結衣は以前もなったことがあるので分かるが、しばらく頭痛と吐き気が続いて辛い思いをするのだ。

肩に担がれているこの体勢は、今の結衣にとって最悪だった。イシュドーラが一歩歩くごとに、世界がぐるぐる回っている気がする。

イシュドーラは扉を開くと、中へ入っていく。大広間のようなその場所には、誰もいなかった。イシュドーラの靴音が、カツンカツンと高く響く。部屋の真ん中には黄金で出来た台座があり、その中で炎が赤々と燃えていた。

結衣は台座の前で床に下ろされる。正直、今にも吐きそうだったので助かった。

だが、体育座りをした格好でほっと息を吐いたのも束の間、床から生えてきた蔦に手足を拘束される。

ぎょっとして固まる結衣に、イシュドーラが呆れ顔で教えた。

「ビビるんじゃねえよ。ただの魔法だ」

ただのと言われても、結衣にとって魔法は未知のものなのだ。いきなり使われるとびっくりしてしまう。

それに、さっきから自分の扱いに不満を感じていたので、結衣はイシュドーラに抗議した。

「ねえ、担いだり縛ったり、私は荷物じゃないんですけど！」

「ああ？　そんなの知ってるに決まってるだろ。ただの荷物なら、とっくに燃やして灰にしてる」

イシュドーラの返事を聞いて、結衣は冷や汗をかいた。イシュドーラの考えがさっぱり分からない。彼の感性は、結衣には魔法以上に不可解だった。まるで宇宙人を相手にしているみたいだ。

だが、相手が宇宙人だろうが怪物だろうが魔族の王子だろうが、結衣はこの状況をどうにかしなくてはいけない。夜闇の神ナトクの封印を解かせるわけにも、イシュドーラのもとに嫁ぐわけにもいかないのだ。

しかし、身動きできない今の状況で出来ることといえば、せいぜい時間稼ぎくらいだろう。

「……本気なの？　さっき言ってたこと」

その言葉を聞いて、聖竜の鱗を眺めていたイシュドーラは、結衣に視線を移した。

「さっきってのは？」

「妃にしてやるってやつよ。悪いんだけど、私にはこの世界のジョークが分からないのよね」

「残念だが、俺は本気だ。もちろん、お前自身を気に入っているのもあるが――」

そこでイシュドーラが楽しそうに笑ったので、結衣は嫌な予感がした。悪魔のような笑みという表現にぴったりだ。アレクが浮かべる天使のような笑みとは正反対で、不安な気持ちにさせられる。

イシュドーラはまるで歌うみたいにして朗々と続けた。

「人間達は聖竜を神のように崇めている。そして、その育ての親であるドラゴンの導き手も尊重されている。そいつが魔族の妃になったら、さぞ面白いことになるだろうよ」

「最低！　ほんっと性格が悪いのね！」

確かに、人間達への嫌がらせにはもってこいだろう。人間だけでなく、ソラや結衣も大ダメージを受ける。そんなことのために利用されるなんてごめんだ。

「世の中ってのは楽しむためにあるんだよ。さて、おしゃべりはもういいな？　いくら時間稼ぎしても無駄だぜ」

どうやら結衣の浅知恵など、お見通しらしい。

（うわあ、どうしよう。このままじゃ本当に封印が解けちゃう！）

結衣が焦る中、イシュドーラは台座の前に立った。そして、右手に持った聖竜の鱗（うろこ）を炎に投げ入れようとする。

「ピャアアア！」

そこへ、遅れてやってきたフィアが、大声で鳴きながら突進してきた。

そしてイシュドーラの左足に、勢いよく噛みつく。

「ちっ、この！」

イシュドーラは、右足でフィアを思い切り蹴り飛ばした。フィアの小さな体が、よく磨かれた床の上をごろごろと転がっていく。

「フィア！」

結衣はフィアの名前を呼んだが、返事はない。倒れたままぴくりとも動かないフィアを見て、まさか当たりどころが悪くて死んでしまったのではと不安になる。

「フィア！　フィア!?　やだ、返事して！」

結衣は縛られているのを忘れて駆け出そうとして、思い切り転んだ。すぐに起き上がろうとしたけれど、手首と足を縛られている状態では、なかなか起き上がれない。フィアは返事をしないし、自分の情けなさとも相まって涙が浮かんでくる。

見れば、イシュドーラの左足からは血が流れていた。床に赤い染みが出来るのも気にせず、イシュドーラはフィアを鼻で笑う。

「チビ、よく頑張ったが、これで終わりだ」

そしてイシュドーラは今度こそ、聖竜の鱗を聖火の中へ投げ込んだ。

鱗はキラキラと輝きながら弧を描き――炎に触れる直前、何かに弾き飛ばされた。

そのまま床に落ち、甲高い音を立てる。

結衣は床に転がった状態のまま、あんぐりと口を開けた。

一方、イシュドーラは金色の目を怒りに燃やし、広間の入り口を睨みつける。結衣もつられてそちらを見た。

「アレク……！」

大扉にもたれかかるような体勢で、抜き身の長剣を手にしたアレクが立っていた。急いで駆けつけてくれたのか、肩で息をしている。

「ふう、なんとか間に合いました……。その鱗をどうしたいのかよく分かりませんが、阻止して正解だったみたいですね」

その言葉を聞くに、彼が魔法を使って鱗を弾き飛ばしたらしい。いつも落ち着いているアレクだが、今回ばかりは顔に焦りの色を滲ませている。

アレクも結衣と同じく、聖火の封印を解くのに聖竜の鱗が必要だとは知らなかったようである。

（でもなんとなくヤバイって、勘が働いたってこと？　すごい……！）

踏んできた場数が違うからなのか、それとも天性のものなのか。結衣には分からないが、アレクのお陰で一時的とはいえ、危機的状況を脱することが出来た。

手足を縛られながらもようやく床に座ることに成功した結衣は、アレクに向かって叫ぶ。

「アレク、その鱗を聖火に入れると、夜闇の神の封印が解けるらしいです！」

「そうなんですか⁉」

さすがのアレクも驚いたようだ。イシュドーラが苛立った様子で、低い声を出す。

「……アレクシス、またお前か」

「それはこちらの台詞です、アスラの王太子殿」

アレクもまた、厳しい表情で返す。彼は大扉から離れ、ゆっくりとこちらに近付いてきた。

「あなた、ユイに危害を加えようとしたでしょう？　守護の魔法が発動したのは分かってるんですよ」

イシュドーラを牽制しながらも、アレクは結衣の様子を気にしている。

「ははっ、危害を加える？　そんな真似はしねえ。妃にしようって相手を傷つけてどうする」

「……妃？」

アレクは眉を寄せた。怪訝そうに見られた結衣は、ぶんぶんと首を横に振る。

「ユイは嫌がっているようですが？」

「そんなもんは関係ねえ。連れて帰ってしまえばこっちのもんだ」

イシュドーラの返答を聞いたアレクはこめかみを押さえ、呆れを含んだ溜息を吐いた。

「前からあなたとは意見が合いそうにないなと思ってましたが、本当にそうみたいですね。そのような考えは軽蔑します」

「お前とは気が合わねえって、俺はとっくに気付いていてたぜ、アレクシス。そもそも俺は、お前のその偽善者じみた面が大嫌いなんだ」

二人の間に、見えない亀裂が入ったように結衣には思えた。

(うわあ……元々仲が良さそうって感じじゃなかったけど!)

敵同士なのだから仲が悪くて当然だが、ここまで剣呑な空気はなかった。

イシュドーラはすらりと剣を抜く。そして剣先をアレクシスに向け、挑発的に笑った。

「アレクシス、勝負だ。俺が勝ったら封印を解く。負ければ封印は解かない。分かりやすいだろ?」

「望むところです。封印もユイも、絶対に守ります!」

アレクもまた剣を構える。

両者は睨み合い、どちらからともなく走り出した。

剣と剣がぶつかり合う甲高い音が鳴り響く。

二人の動きが速すぎて、結衣にはどっちが優位なんだかさっぱり分からない。

彼らは一度大きく打ち合ったあと、瞬時に離れた。

だが、すぐに再び激しくぶつかり合う。

剣を振りかぶったアレクが剣を斜めに振り下ろすと、イシュドーラは素早く体をひねってそれを避ける。そして今度はイシュドーラが横に剣を振り抜いた。

（ひゃっ）

結衣は思わず首をすくめた。

アレクはイシュドーラの剣を跳躍してかわし、お返しとばかりに上段から斬りかかる。すると、イシュドーラが自らの剣でアレクの剣を受け止めた。

――ギィンッ！

ものすごい音と共に、火花が飛び散る。

両者がそれぞれ強い力で斬り合っているのが分かった。

結衣は縛られているせいで動けないまま、彼らの戦いをハラハラしながら見守る。

（ああもうっ！　動けたら、あそこに落ちてる鱗を拾うのに！）

両手首を擦り合わせてどうにか外そうとするのだが、全く外れそうにない。ただの蔦に見えるのに、やけに頑丈だ。

その間も、剣と剣がぶつかる高い音が響いている。

アレクの赤いマントとイシュドーラの黒いマントがひらひらとはためく様を見ていると、まるで女神に捧げる剣舞のようだ。

自分が置かれている状況を忘れ、結衣はそれに見入ってしまう。

だから、床に倒れていたフィアが起き上がったことにも気付かなかった。

「あれ？　フィア？」

いつの間にか、フィアはアレクとイシュドーラの傍まで移動している。

「フィア、危ないよ！　こっちにおいで！」

このままでは、二人の戦いに巻き込まれてしまう。結衣は必死にフィアを呼んだが、フィアは振り向かなかった。

(何か、様子がおかしい？)

いったいどうしたのだろうと思ってフィアを見つめていた結衣は、その体が震えているのに気付く。それは怯(おび)えているというより、怒っているように見えた。

(だってフィアの目、めちゃくちゃ怖い――っ！)

金の目を吊り上げ、翼を広げて足を踏ん張っている。

そしてフィアは大きく口を開いた。

「ピャアアアーッ！」

甲高(かんだか)い鳴き声と共に、フィアの口から炎が吐き出された。小さな体から出ているとは思えないほど大きな炎が、アレクとイシュドーラを襲う。

「くっ！」

アレクはとっさに後ろに飛びのいて避けたが、イシュドーラは避けるのが間に合わず、その左肩を火がかすめた。

服が焦げたのか、うっすらと煙が立ち上る。だがイシュドーラは少しも慌てずにマントではたいて火を消し、フィアをじろりと睨(にら)む。

「おい、チビドラゴン。勝負の邪魔をするんじゃねえよ！」

イシュドーラはフィアを怒鳴りつけたが、フィアも負けていなかった。

「ビャーッビャ!!」

もちろん何を言っているか分からないのだが、結衣にはなんとなく、ここから立ち去れと言っているように思えた。

怒れる小さなドラゴンの子どもを、イシュドーラは煩わしそうに見る。邪魔をされたことが、よほど気に入らなかったらしい。

フィアがびくりと震え、その場に立ちすくむ。

イシュドーラは指先をフィアに向け、小さく呪文を呟いた。

すると、フィアをめがけて火の玉が飛んでいく。

「フィア!」

結衣は悲鳴を上げた。

アレクがとっさに呪文を呟き、火の玉に向かって水の玉のようなものを投げつけたが、どう見ても火の玉の方が早い。

フィアが炎に包まれそうになった、その時だった。

火の玉の軌道が急に変わり、フィアの傍の地面に落ちたのだ。

「……ピャ?」

フィアがぽかんとして呟く。

「え……?」

自らが放った水の玉が少し離れた地面に着弾するのを見て、アレクも目を丸くした。

結衣はもちろんのこと、イシュドーラにもどうして魔法の軌道がずれたのか分からないらしい。

「どういうことだ、クソ！」

悪態をついたイシュドーラが、再びフィアに指先を向けた。

そこで突然、赤々と燃えていた聖火が黄金色に輝き始めた。光は徐々に強くなり、まるで夕日のような光が部屋いっぱいに満ちていく。

同時に美しい楽器の音色がどこからともなく聞こえてきた。

（なに……？）

眩しすぎて、結衣は思わず目を閉じた。

やがて、すさまじい光の洪水が静まり、楽器の音も止んだ。

目を開けてみれば、いつの間にか台座の前に背の高い女性が立っている。

風が吹いているわけでもないのに、長い金髪が揺らめき、白い上着と赤いスカートもひらひらと波打っている。豊満な体つきをしたその絶世の美女は、力強い金の目でイシュドーラを見た。

「わらわは太陽の女神シャリア」

それは不思議な声だった。遠くから聞こえるようであり、近くから聞こえるようでもある。けれど、ずっと聞いていたくなるほど綺麗な声だ。

「少し早いですが、地上があまりに騒がしいので降りてきました。わらわの小さき僕の勇姿、しかと見届けましたよ。この邪魔者は、わらわが追い払いましょう」

結衣は縛られた格好のまま、唖然として女神シャリアを見上げる。アレクやイシュドーラも同じく唖然としていた。

（まさかの女神様登場って……！）

あまりのことに結衣が驚いていると、女神シャリアの目が強い光を宿した。その金の光がイシュドーラを包み込む。

「くそ、降臨が早まるとはっ」

身動きがとれないらしく、悔しげにうなるイシュドーラに、女神シャリアは笑いかけた。

「喜びなさい。二度もここまで辿り着いた魔族は、汝だけです。夜闇の神ナトクの封印は絶対に解かせませんが、敬意を表して命までは奪わずにおきましょう。他の者達と共に、闇のねぐらに帰りなさい！」

その言葉と共に、イシュドーラを包む光がますます強くなり、一瞬の後にはその姿は消えていた。

「すごい……」

何が起きたのかは分からないが、なんだかものすごいことだけはよく分かる。

座ったまま唖然としていた結衣だが、女神シャリアがこちらを見たので、思わず身をすくめた。何か失礼なことでもしてしまったのかと思ったが、気付けば手首と足首の戒めが解かれている。女神シャリアが解いてくれたらしい。

「あ、ありがとうございます」

結衣は立ち上がり、頭を下げて礼を言った。だが、女神シャリアは軽く微笑むだけだった。そして彼女は、床に引っくり返っているフィアのもとへ歩いていく。左足に付けられたアンクレットの鈴が、しゃら、しゃら、と涼しげな音を立てている。

女神シャリアはフィアを見下ろし、両手を差し出した。するとフィアが金色の光に包まれ、宙に浮かび上がる。

「ふふ。よく頑張りましたね、怪我を癒（い）やしてあげよう」

イシュドーラのせいでボロボロだったフィアの体は、あっという間に綺麗になった。

「……ピャ？」

恐る恐る目を開けたフィアは、不思議そうにまばたきする。そして女神シャリアを見上げて目を丸くした。

そんなフィアに、女神シャリアが笑いかける。

「将来が楽しみです」

「ピャ！」

驚きすぎたのだろう、フィアは目を開けたまま失神した。

それを愉快そうに見てから、女神シャリアはフィアを床へと下ろす。そして、結衣とアレクを順番に見た。

結衣は唖然として突っ立ったままだが、アレクは床に片膝をついて頭を下げている。

「では、明日の降臨祭でまた会いましょう」

女神シャリアはのびやかな美しい声で言うと、聖火の中へ入っていく。火は再び黄金（こがね）色に輝き、広間は光の洪水に満たされた。美しい楽器の音色が部屋いっぱいに響き渡る。

眩しくて目をつぶっていた結衣が目を開けると、静まり返った広間で聖火が音もなく燃えていた。

もしかして、白昼夢でも見ていたのではないだろうか。あまりの現実感のなさにぼんやりしてしまう結衣だったが、イシュドーラが魔法で作り出した蔦の残骸が残っているので、間違いなく現実だと分かる。

——カラン。

甲高い金属音が広間に響く。見れば、アレクが手にしていた剣を床に投げ出し、こちらに駆け寄ってくるところだった。

「——ユイ」

他に言葉はいらなかった。

結衣も自然と走り出し、アレクの胸へ飛び込む。

二人はそのまましばらく無言で抱き合っていた。

アレクの体温を感じて、張りつめていた気持ちが緩んでいく。目尻にじわりと涙が浮かんできて、結衣はグスリと鼻を鳴らした。

やがてハッとして、アレクから体を離す。

「アレク、怪我はないですか⁉」

そう言いながら、アレクの体に怪我がないか確認する。

だが、すぐに再び抱きしめられた。

「ええ、無事です。飾り紐の魔法が発動したのを感じた時、肝が冷えました。その瞬間、使命も忘れてこちらに向かったんです。……あなたが導き手で本当に良かった」

「え……？」

結衣はその言葉にドキリとした。まさか結衣自身ではなく、導き手としての結衣が大事なのかと不安になる。

「結衣が導き手でないただの女性だったら、私は使命を優先しなくてはいけません。ですが、あなたが導き手なら、あなたを優先しても許されます」

「アレク……」

結衣は涙声で呟いた。そういうことなら、導き手に選ばれて良かったと手放しで喜べる。

結衣はそっと体を離し、アレクの左頬に手で触れた。

「おまじない、効きました？」

結衣の問いかけに、アレクは穏やかな笑みを返す。

「ええ。ですが、今回おまじないが必要なのは、あなたの方だったみたいですね」

飾り紐に触れたアレクが、結衣の左頬に唇を落とした。結衣はくすぐったくて笑いながら、アレクの胸に額(ひたい)をつける。

「いえいえ、私にはこの飾り紐がありますから。あんな物騒な魔法がかけられてるとは思いませんでしたけど」

本当はそのことで少し文句を言おうと思っていたのだが、アレクが心から安堵している様子を見たら、言えなくなった。

「ああ、すみません。野良ドラゴンに襲われても大丈夫なようにと思って。あの王太子は野良ドラゴンよりも手ごわかったですが」

アレクが冗談めかして言ったので、結衣は噴き出した。

「そんな人と対等に渡り合ってるアレクも、野良ドラゴンより危ないってことですね。覚えておきますよ」

アレクと軽口を叩き合いながら、結衣はほっと息を吐いた。

そこへ衛兵や番竜、そしてソラが駆け込んでくる。

「ご無事ですか、盟友様、導き手様――っ！」

息せききって走ってくる彼らに、結衣達は手を大きく振ってみせた。

◆

太陽の女神シャリアにより、アスラ国の宮殿へ強制送還されたイシュドーラ達は、謁見(えっけん)の間で国王と向かい合っていた。

アスラ国王は玉座についたまま、離れたところに片膝をつくイシュドーラを見下ろす。

「此度(こたび)の戦(いくさ)、太陽神シャリアが出てきたために、負けてしまったな」

「面目(めんぼく)ない、親父殿」

イシュドーラが謝ると、アスラ国王は悔しそうにうなった。

夜闇の神ナトクの解放は、魔族にとっては昔からの悲願だ。そんな重要な任務に失敗したイシュドーラを断罪したくとも、相手が神では勝てるわけがない。

「イシュドーラには一ヶ月、配下の者どもには一週間の謹慎を命じる」

アスラ国王はうめくように声を絞り出した。

「お前はよくやった。いくら有能でも、神には敵わない。それは分かっているが、こうする他ないのだ」

そう返したアスラ国王は、一気に老け込んだように見えた。

「……ああ、分かってるよ、親父殿。寛大な処遇に感謝する」

アスラ国王の意図を汲み、すぐに出ていくイシュドーラ。

謁見の間に、アスラ国王の溜息が落ちた。


宮殿の外はすでに藍色の闇に沈んでいた。

静かに降り注ぐ月光にすら、イシュドーラは苛立ちを感じる。

太陽や月が空に上るたび、自分達を作り出した神を封じられたことを、魔族達は否応なく思い出させられるのだ。

「クソ、女神め……！」

イシュドーラは、石柱を思い切り殴った。手が痛むだけだっただが、腸が煮えくり返るような怒りが少しだけ治まる。

「涼しい顔をしていられるのも今のうちだ。あの時、俺を殺しておかなかったこと、いずれ後悔させてやる……！」

うなるように呟くと、イシュドーラは回廊を歩き出す。

やがて、その姿は柱の影に溶け込んだ。

終章

濃い藍色の空に、朝日の光が滲み始める。それと同時に、岩山の上にある洞窟から金色の光が溢れ出した。

女神降臨を知らせる祝砲が打ち上がる中、女性神官達が籠から放した虹色の鳥が空を舞う。

多くの巡礼者が洞窟に集い、洞窟からあぶれた者達は、絶えず降り注ぐ金の光に向かって祈りを捧げていた。

祭壇の間にある聖火の中から、太陽の女神シャリアが現れる。彼女が火の中へ手を差し伸べると、聖火が今度は銀色に輝き、月の女神セレナリアが現れた。

「さあ、セレナリア。まずはやるべきことをしてしまいましょう」

「そうですね、シャリア」

長い金髪と金の目を持つ太陽の女神シャリアと、銀髪と青い目を持つ月の女神セレナリア。二柱の神は双子だが、雰囲気はかなり違っている。女神シャリアは気高い美しさを持ち、女神セレナリアは優しく淑やかな美しさを持っていた。

女神達の体はうっすら光っており、人ならざる美しさが更に強調されている。

今はまだ、祭壇の間に入ってくる人間はいない。女神達が許さなければ、大扉が開かないのだ。

女神達は笑いさざめきながら、夜闇ナトクの封印を掛け直すための準備をする。

「もうそろそろ許して差し上げればいいのに」

手の中に聖水の入った甕を出現させながら、女神セレナリアは困ったような顔で言う。

すると、女神シャリアが厳しい表情で反論した。

「セレナリア。あの者をつけ上がらせてはいけません。私の大事な妹であるあなたを誘拐した挙句、花嫁にしようなどとは言語道断。夜闇の神らしく、地底の闇の中で暮らせばよいのです」

「でも、シャリア。あの方が自由になったら、人間と魔族が仲良く暮らせるかもしれませんわ。そうなったら素敵だと思うのです」

やんわりと微笑む女神セレナリアの提案を、女神シャリアはすげなく却下する。

「いけないと言ったらいけないのです、セレナリア。あの者を自由にしたら、きっとつけ上がって、私達の大事な人間達を傷つけるに決まっています。そうなったら悲しむのはあなたですよ」

女神シャリアは断言すると、自身もまた手の中に小さな壺を出現させた。そして、中に入っている金色の砂を指先で摘まむ。

「分かったわ、シャリア。あなたの言う通りにします。さあ、聖水の用意は出来ましたよ」

女神セレナリアは悲しげに微笑み、指先につけた聖水を、聖火の台座の周りに一滴ずつ撒いていく。それに続き、女神シャリアが聖なる砂を撒いていった。

砂が聖水に吸い込まれ、金の光を放つ。それは炎の形を取り、渦となって巻き上がった。

「鎖を一つ、二つ、三つ……。地底への扉は固く閉ざされる」

「鍵を一つ、二つ、三つ……。地上への扉は固く戒められる」

女神シャリアに続き、女神セレナリアが封印の呪文を唱える。

「鎖と鍵は一つとなりて、扉は固く封じられる」

二柱の神が同時に呟くと、炎の渦は天井高く伸び上がり、光の粒を残して消えた。

黄金の台座の中ではまるで何事もなかったかのように、聖火が燃え続けている。

女神シャリアは大きく伸びをした。

「さあ、出来ました。これでしばらくは安泰です」

「ええ。可愛い人間達に会いに行きましょう」

女神セレナリアは嬉しそうに微笑み、女神シャリアも艶やかに笑う。

そして、女神達自ら大扉を開いた。

◆

結衣はソラやアレクと共に、聖火が置かれた祭壇の間にやってきた。

身を清め、神官や教会の衛兵が着る白い衣装に着替えた二人は、女神達に謁見する。

聖火の前には金色に輝く太陽の女神シャリアと、銀色に輝く月の女神セレナリアが立っていて、結衣達を優しい笑顔で迎えた。

ソラものっしのっしと祭壇の間に入ってきて、結衣達の真後ろに立つ。すると、月の女神セレナリアがソラの傍に近付いた。

「聖竜ソラ。あなたの誕生を、心から嬉しく思います」

女神セレナリアは優しそうな顔に慈愛のこもった笑みを浮かべる。

ソラは恭しく頭を下げた。

『ありがとうございます。お会いできて光栄です、女神セレナリア様』

女神セレナリアはゆっくりと頷く。

「聖竜ソラ。あなたは昨日、魔族の兵士の多くを食い止め、大勢の怪我人を救出しました。勇猛さと優しさを併せ持った、素晴らしい聖竜に育ちましたね。そしてドラゴンの導き手、ユイ・キクチ」

「はいっ」

名前を呼ばれた結衣は、背筋を伸ばして返事をした。がちがちに緊張している結衣に、女神セレナリアは華やかに微笑みかける。

「私の聖竜を立派に育ててくれて、ありがとうございます」

その美しい笑みを前にして、結衣は頬を赤くした。女神セレナリアは綺麗で優しくて、女の鑑といった雰囲気がある。

「いいえ、そんな大したことはしてませんので……」

「そんなことはありません。あなたの奮闘を天界から見守っていましたよ」

胸を張りなさいと言って、女神セレナリアは微笑を浮かべる。

「何よりこの子を愛情深く育ててくれた、それだけで充分なのです」

「はい、ありがとうございます」

結衣も笑みを浮かべた。

そもそも聖竜を育て始めたのは、元の世界に帰るためだった。とはいえ、ソラを大事に育てたのは本当なので、それを認めてもらえたことはとても嬉しい。

(それにしても、神様と対面してお話ししてるのって、不思議な感じ)

夢見心地の結衣に、女神シャリアも声をかけてくる。

「わらわからも礼を言います。汝はわらわが加護を与えし小さき僕を、強くなるように導いてくれましたね。体の強さは訓練で身につきますが、心の強さはおいそれと身につくものではありません。あの子にとっては、かけがえのない財産となりましょう」

「ありがとうございます」

フィアが頑張っただけで、自分はあまり何もしていないんだけどなあ、と結衣は思った。だが、受け答えは簡潔にするよう神官から言われているので、ただ礼を言うにとどめた。

双子の女神はにこやかに微笑むと、最後にアレクを見る。

「盟友アレクシス、これからも、ソラと共に魔族から人間達を守って下さいね」

「汝は選ばれるべくして選ばれたのです。兄達の妨害にもめげず、ここまでよく頑張りました。健やかに暮らしなさい」

女神セレナリアと女神シャリアの言葉に、アレクは慇懃に返す。

「はっ。ありがたきお言葉、感謝いたします」

双子の女神はゆっくりと頷き、二人と一頭を見回すと、広間を出るよう促した。

結衣達は女神達に一礼して広間を出る。すると次の面会者が、入れ違いで中に入った。

女神と直接対面できるのは、教会関係者と王族、それに女神が会いたいと言って呼び出した者だけだ。謁見（えっけん）の後、女神は洞窟を通って岩山に上り、民衆に姿を見せる。そして夕日が沈むと同時へ天界へ戻るのだそうだ。

女神達との対面後、結衣はその余韻（よいん）に浸（ひた）ってぼんやりしながらアクアレイトの王城に戻る。

「ユイ様、どうでしたか？　女神様達とお会いになって。やはり美しい方々でしたか？」

客室に戻った結衣に、アメリアが尋ねてきた。アメリアは離宮の庭に出て、岩山から零（こぼ）れ出る光に向かって礼拝したそうだ。

「うん、綺麗だった。特にセレナリア様はすごく優しそうだったよ」

「そうなのですね！　貴重なお話を聞かせて下さってありがとうございます」

結衣は部屋着に着替え、パーティーまで休むことにした。昨日の疲れが抜けきっていないのだ。

「今日でこの国ともお別れかあ。フィア、上手くやってるかな？」

結衣はそう呟くと、すぐに心地よい眠りに落ちていった。

◆

番竜の一族の間では、フィアがイシュドーラに炎を浴びせたという話で持ち切りになっていた。

群れの大人達はシムドの周りに集まり、フィアの勇気を褒め称えている。

昨日の戦いで大怪我をしたシムドだが、聖竜ソラの魔法で傷を癒やしてもらい、今はすっかり元気になっていた。

「さすがは長の子だ。フィアは気弱だと思っていたが、やはり勇敢なのですな」

「あの魔族の王子に噛みついたと聞きましたぞ」

「導き手様のお陰ですなあ。我が子も訓練をお願いしたいくらいです」

わいわいとフィアを褒める仲間達の前で、シムドは平然とした態度を取るように努めているが、嬉しそうなのを隠せていない。尻尾がゆらゆら揺れているのだ。

「私も息子の成長が嬉しいですよ」

シムドは目を細め、住処の隅を見る。他の大人達もつられてそちらを見た。

子どもドラゴン達が、きゃあきゃあと騒ぎながら駆けていく。その中にはフィアの姿もあった。

少し前まで、輪を外れて岩陰で泣いていることが多くなったフィアの変わりようは、驚くべきものである。元気になったフィアが子どもらしく駆け回る姿は、群れの大人達を安堵させた。

「まあ、元気に成長してくれれば、それが一番なんですが」

シムドの呟きに、大人達は我が子を思い、揃って頷いた。

フィアは他の子ども達と一緒に住処を駆け回りながら、太陽神シャリアから言われたことを思い出していた。

——将来が楽しみです。

その一言がとても嬉しかった。でも、それを最初に言ってくれたのは結衣だった。

「また会えるかなあ」

フィアが足を止め、住処の入り口を眺めていると、他の子ども達がすぐに集まってきた。

「どうしたの、フィア」

「また考え事？」

「うん。また会えるかなって考えてた」

フィアの言葉に、他の子ども達は顔を見合わせる。誰にというのは、訊かなくても分かった。

「会える会える！」

「ねえ、なんならお見送りに行こうよ。導き手様、明日帰るって聞いたよ」

「じゃあさ、皆で抜け出してさ……」

子ども達は頭を付き合わせて、ひそひそと話し合う。だが、夢中になりすぎてどんどん声が大きくなり、すぐ大人達にバレた。

一頭の母ドラゴンが、子ども達に向かって怒鳴る。

「こら！　小さい子がむやみに洞窟の外に出ない！」

「えー、でもフィアは出てたー」

「フィアはフィア、うちはうち！」

「ひどいよ、横暴だよ。母さん！」

ぎゃいぎゃいと親子喧嘩をする二頭のドラゴンをよそに、他の子ども達はそれぞれ自分の親にお願いしに行った。

「ねー。いいでしょ、お父さん」

「皆でお見送りするの！」

「フィアを元気にしてくれてありがとうって、お礼を言いたいの」

「ね！」

子ども達が次々と繰り出すお願い攻撃に、大人達は渋々（しぶしぶ）折れた。

「……仕方ない」

「やったー！」

大人達に約束を取り付けると、子ども達はまたわいわい騒ぎながら住処（すみか）の中を駆け回る。

「元気が良すぎるのも考えものですなあ」

一頭の大人ドラゴンのぼやきが、他の大人達の笑いを誘った。

◆

双子の女神が天界へ帰ってしまうと、後夜祭が始まった。

陽気な音楽が奏（かな）でられる中、ドレスを着た男女が華麗に踊る。

（綺麗……なんかイソギンチャクの群れみたい）

青いドレスに身を包んだ結衣は、壁際で料理を頬張りながら、褒めているのかどうなのか微妙なことを考えていた。

いつの間にか隣にいたディランが、残念そうに言う。

「ユイ様、また壁の花になられて……」

「いいじゃないの、ごはん食べたいんだもん。それに疲れてて、ダンスって気分じゃない」

結衣はそう答えると、鳥肉のような食感の肉を口に放り込む。味がよくしみていておいしい。

そんな結衣に呆れた視線を向けながら、ディランが首を傾げる。

「ああ、筋肉痛でしたっけ？」

「そうよ。武器代わりに装飾用の剣をちょっと振り回しただけなのに、腕が痛いの。嫌になるわ。これでも体力はある方だと思ってたのに……」

結衣は溜息を吐く。あの程度で筋肉痛になるなんて、やわになったものである。結衣はディランの腰の剣を見た。

「剣があんなに重いなんてね。ディランさん達、すごいよ。私なんて鞘から抜くことも出来なかったもの」

「我々は子どもの頃から訓練していますからね。そもそも剣を抜けなかったら騎士にはなれませんし、鎧の方がずっと重いですよ」

「よくやるわよ、本当に」

結衣はうなりながら、ハムを一切れ口に放り込んだ。

どことなく自棄になっている様子で、次々と食事をたいらげていく結衣を、ディランは不思議そうに見る。

「ユイ様、何故そんなに不機嫌なんですか？」

「……別にー」

全くもって気が利かない男である。不機嫌な人間に、何で不機嫌なのかと訊くなんて。出来れば放っておいて欲しい。

結衣の視線の先を見て、ディランは「あっ」と呟いた。そこには、アレクとリディアが談笑している姿がある。

「ユイ様、嫉妬はなさらないんじゃなかっ……おわっとっと」

「うるさいですよ、ディランさん。気付いても言わないのがマナーでしょ」

結衣が空いた皿を押し付けると、ディランは落とさないように慌てて持った。

やっぱり気が利かない。アメリアがディランを冷たい目で見る理由が、ほんの少し分かった気がする。

結衣はご馳走が並べられた長テーブルに向かい、そこから果物を取ってくると、同じ位置に立って食べ始める。

ディランが青い目を真ん丸に見開いた。

「えっ、まだ召し上がるんですか？」

「お腹が空いてるの。それに、食べてたら挨拶攻撃されなくて済むし」

「なるほど……」

食事中の人に声をかけるのはマナー違反だ。食べている間は、客人達に声をかけられることもない。

ディランは先ほど押し付けられた皿を、通りがかった給仕に素早く渡す。手持無沙汰になってそっと周囲を見れば、結衣の様子を窺っている紳士が何人かいた。

ディランが試しに紳士達を睨んでみると、彼らは慌てて離れていく。

元々あまり良いとはいえない目つきを更に尖らせているディランに気付き、結衣は周りを見回した。

「どうしたの？　なんか目つき悪いけど。誰か知り合いでもいた？」

てっきりディランが嫌いな人間でもいるのかと思ったが、そうではないようだ。

「いいえ、ちょっと悪い虫がいたので追い払ってました。そうしないと、あとでアメリアが恐ろしいのです」

「ああ、アメリアさん、虫嫌いだもんね」

「そうなんです」

ディランは頷く。まさか虫というのが人間の男性のことだとは知らず、結衣はのんびり果物を摘まむ。オレンジに似た見た目なのに、食べるとイチゴのような味だった。おいしいけれど、なんだか複雑な気分になる。

更に二つほど食べたところで、リディアがこちらに歩いてくるのが見えた。

(げっ、ずっと見てたのバレた⁉)

気まずい思いでいる結衣の前までやって来ると、リディアはドレスのスカートを摘まんでお辞儀をする。

今日のリディアは、ワインレッドのドレスを着ていた。ドレープが斜めに入った、大人っぽい雰囲気のドレスだ。黒いリボンと赤い薔薇のコサージュも、リディアによく似合っている。

「ご機嫌よう、導き手様」

「こんばんは、リディア姫」

結衣は再びディランに皿を押し付け、慌ててお辞儀をする。ディランも皿を持ったまま一礼した。

「せっかくのパーティーですのに、壁の花になってるんですの？」

リディアがディランと同じことを訊く。

「お腹が空いてるんです……」

招待してくれた側のリディアの前で、踊る気分ではないなどとは口が裂けても言えない。

リディアはそれならと、長テーブルの方を示す。

「でしたら、あちらのケーキがオススメですわ。甘さが控えめで、とてもおいしいですよ」

「そうなんですか、じゃあ、次はあれを食べます」

リディアのオススメなのだから、きっとおいしいだろう。果物を食べ終えたら取りにいこうと結衣が考えていると、ふいにリディアが柔らかく微笑んだ。

「導き手様は、いつも自然体でいらっしゃるんですね。アレクシス陛下が惹かれたのは、そこなのかしら？」

「へっ」

何だいきなり。結衣が目を丸くしてリディアを見ると、リディアは悪戯っぽく微笑んで、結衣の耳元に口を近付けた。

「実はわたくし、先ほど振られてしまいましたの」

「はっ？　いつ？」

「ですから先ほど」

「ええ!?」

結衣は目を瞬かせる。新手のジョークかと思ったが、そういうわけでもないみたいだ。ただ談笑しているようにしか見えなかったのに、いつそんな話をしていたのか。

リディアは結衣から離れると、その隣に立った。

「ですがわたくし、昨日あなたと一緒にいて、やっと分かりましたわ。リヴィドール国はアスラ国のすぐ隣。いつ戦を仕掛けられるか分かりませんものね。きっとユイ様くらい強くないと、あの方には釣り合わないのですわ」

「そうですか……？」

どう考えてもリディアの方が釣り合いそうだがと、結衣は首をひねる。それに、結衣くらい強くないとってどういうことだ。結衣には大したことをした覚えはないし、それどころかイシュドーラに反抗しようとして、呆気なく取り押さえられてしまったのだ。

リディアは再び悪戯っぽく微笑み、小声で言う。

「もちろん、美しさではわたくしの方が上でしてよ。そこは譲れませんわ」

「ええ。リディア姫、美人ですもんね」

結衣はその通りだと頷く。逆立ちしたってこんな美人には敵わないので、全く腹が立たなかった。むしろ堂々と自分を美人だと言ってのけるリディアに感心していた。

リディアは毒気を抜かれた様子で息を吐く。

「……本当に素直な方ですわね」

呆れ声で言うと、リディアは小さく噴き出した。ころころと笑いながら、結衣に大輪の薔薇のように華やかな笑顔を向ける。

「でもわたくし、ユイ様のそういうところ、結構好きでしてよ」

「えっ」

女性同士だというのに、結衣は胸がときめいた。いつもの綺麗な笑みの中に、どこか可愛らしさが感じられたのだ。

結衣だけでなく、たまたま近くにいた青年の心も鷲掴みにした姫君は、「では失礼」と会釈して立ち去る。

結衣はぽかんとしたままそれを見送り、ディランに訊く。

「なんか、意外と良い人じゃない？　リディア姫って。負けず嫌いだけど」

「私はおっかないです」

「ディランさんも、なかなか素直な人ですよね」

結衣はディランから果物の皿を返してもらい、再び食べ始めた。

「ええっ、まだお召し上がりになるんですか⁉」

「だから、お腹が空いてるんだってば」

それに明日にはアクアレイト国を出るのだから、今のうちにこの国のおいしいものをたくさん食べておくつもりなのだ。

そこへ、今度はアレクがやって来た。

「もしかして、リディア姫に何かきついことを言われませんでしたか？」

「いえ、機嫌良かったですよ」

「そうですか……」

リディアが八つ当たりに来たのではないかと、心配したのだろうか。結衣の返事を聞いたアレクは、ほっとした様子を見せる。

そして気を取り直したように、結衣に左手を差し出した。

「ユイ、良かったら私とダンスを踊って頂けませんか？」

「喜んで！」

結衣がその手に右手をのせると、ディランが驚きの声を上げる。

「あれ⁉　ユイ様、筋肉痛は……？」

「ディランさん、空気を読んで下さい」

「……すみません」

結衣が一睨みすると、ディランは口を閉じた。

結衣はアレクに手を引かれるまま、ホールの中央へと歩き出す。

(たとえ疲れていたり筋肉痛があったりしても、好きな人の誘いには乗ってしまうのが女子でしょう！)

そう思いつつ、結衣はアレクと踊り始めた。

ごく簡単なステップしか踏めないが、アレクのリードが上手なのでとても楽しい。

「そういえば、さっきディランが筋肉痛がどうとか言ってましたが……」

ダンスを踊りながら、アレクが尋ねてくる。

「イシュドーラが来た時、部屋にあった飾り剣で対抗したんです。そのせいで腕が痛いんですよね」

「また無茶をされましたね」

「黒ドラゴンの餌にされかけた恨みが深いんですよ」

結衣は冗談めかして言ったが、半分は本気だ。あの男は女の敵だし、最低な野郎である。

思い出すと腹が立ってきて、自然に眉が寄った。

「やめましょう」

ふいにアレクが言った。

何を？　ときょとんとする結衣に、アレクはなんともあいまいな表情を見せる。

「せっかく一緒にいるのに、あなたが彼のことを考えていると思うと複雑な気分になります」

「もしかして……やきもちですか？」

アレクもそんなことを思ったりするのかと、結衣は何故かわくわくしてしまう。

「きっと、そうなんでしょうね。あなたのことになると、心が狭くなるんです。……すみません」

自己嫌悪を滲ませるアレクに、結衣は快活に笑いかける。

「私も、さっきリディア姫にちょこっと妬いちゃったので、お互い様ですよ」

アレクは目を丸くしたあと、また複雑な顔になった。

「……やっぱりユイには敵いません」

「え？　何がですか？」

ぽかんとする結衣に、アレクは柔らかく微笑む。

「あなたのことが本当に好きだと、再確認したということですよ」

堂々と言ってのけるアレクに、結衣は顔を真っ赤にした。

「……私の方こそ、敵いません」

このよく分からないけれど負けたような気持ちはずっと続くのだろうなあと、結衣はこそばゆく思う。

その日、楽しげな楽器の音や笑い声は、夜遅くまで続いていた。

◆

降臨祭の翌朝。

リディアが、王城の玄関まで結衣達を見送りにきてくれた。

「お世話になりました、リディア姫」

「とても楽しかったです！」

アレクと結衣が並んで挨拶（あいさつ）すると、リディアは淑（しと）やかに微笑んだ。

「こちらこそ、とても楽しかったです。また是非遊びにいらしてね」

「はい！　リディア姫も、リヴィドール国に来た時は遊びに来て下さいね」

結衣も笑顔で返す。

後夜祭で、リディアと打ち解けられて良かった。お陰でこうして和（なご）やかに別れることが出来る。

馬車が出発すると、結衣は窓から外を眺めて溜息を吐（つ）く。襲撃事件のあとに別れたきりの、小さなドラゴンのことを思い出したのだ。女神シャリアのお陰で怪我は治っていたけれど、また落ち込んだりしていないだろうか。

「フィア、元気にしてるかなあ？」

「元気だと思いますよ。アスラの王太子を止めた子どもドラゴンとして、パーティー会場でもてはやされていました。きっとドラゴンの住処（すみか）でも話題になっているのではないですか？」

オスカーの返しに、結衣は頷く。

「そうだったらいいなあ」

「きっとそうです。大丈夫ですよ、ユイ」

アレクの励ましに、結衣は笑顔を返した。

水路が複雑に走る王都を抜け、アクアレイト国の港に着いた結衣達は、すぐ帆船に乗り込む。

徐々に離れていく王都が名残惜しくて、甲板の手すりに腕をのせて眺める結衣。

すると隣に付き添っていたアレクが、何かに気付いて空を指差した。

「あれを見て下さい、ユイ」

「あ！」

結衣は手すりから身を乗り出す。

赤い鱗を持つ大型ドラゴン達が、群れを成して飛んでいる。

彼らはあっという間にこちらに近付くと、帆船の傍を飛ぶソラにならい、帆船を囲んだ。

その中の一頭、シムドがすいっと結衣の前にやって来る。

『導き手様、盟友様。湖を渡り終えるまで、どうか警護させて下さい』

「構いませんが、随分大勢でいらしたんですね」

番竜達が総出で見送りに来てくれたことに驚きを隠せないアレクに、シムドは苦笑する。

『うちのチビ達の頼みでしてね。どうせなら全員で見送ろうっていうことに。――フィア』

「ピャッ！」

シムドの頭の上から、フィアがちょこんと顔を出した。

「ピャーッピャッ！」

ソラがすぐに通訳する。

『次は自分から会いに行く、だそうだ。どうしてもユイに伝えたかったらしい』

「ピャッ！」

可愛らしく鳴くフィアを見て、結衣は大きく笑った。

「あはは、わざわざありがとう！　楽しみに待ってるわね」

「いつでも待ってますよ」

アレクもまた優しく返す。

『もちろん我もだ。頑張れよ、ちまいの』

ソラも兄貴顔でエールを送った。

「ピャー！」

フィアは嬉しそうに鳴くと、他のドラゴン達を見回す。するとシムドが帆船（はんせん）から離れ、急上昇した。他のドラゴン達も空高く上昇していく。

結衣が彼らを見上げると、空から白い花びらが降ってきた。

大人達の背中から顔を出した子どもドラゴン達が、花を口にくわえて振っている。ひらひらと落ちてくる白い花弁は、まるで雪のようだ。

この季節に花を探してくるだけでも大変だったことだろう。

子どもドラゴン達の気持ちが嬉しくて、結衣は両手を大きく振った。

「皆、ありがとーっ！　またねー！　元気で暮らすんだよー！」

甲板に居合わせた人々も皆、歓声を上げつつドラゴン達に手を振る。

ドラゴン達は湖の縁まで来ると踵を返した。手を振る代わりに尾を振りながら、住処である岩山へと帰っていく。

結衣達は彼らの姿が見えなくなるまで、ずっとその背を見つめていた。

新＊感＊覚　ファンタジー！

レジーナブックス Regina

極上ティータイムで
異世界プチ革命!?

竜の専属紅茶師

鳴澤(なるさわ)うた
イラスト：みくに紘真

ある日、彼氏にフラれてしまった茉莉花(マリカ)。こうなったら、どこか遠くで大好きな紅茶に囲まれて生きてやる!!　そう息巻いた瞬間、なんと異世界にトリップ!?　不思議な動物や竜のいるファンタジーな世界で、しばらく生活することになったのだけど——この世界、紅茶の味がとっても微妙！　こよなく紅茶を愛する彼女は、なんとか美味しい紅茶をいれようと奮闘をはじめ……？

詳しくは公式サイトにてご確認ください。
http://www.regina-books.com/

携帯サイトはこちらから！

Noche
ノーチェ
小桜けい
Kei Kozakura
蛇王さまは休暇中
A Long Vacation of King Snake
「嬉しいですね。さっそく色々してもよろしいんですか」
薬草園を営むメリッサのもとに、隣国の蛇王さまが休暇にやってきた！　たちまち彼と恋に落ちるメリッサ。だけど魔物の彼と結ばれるためには、一週間、身体を愛撫で慣らさなければならず──？
蛇王さまの夜の営みは、長さも濃度も想定外！
伝説の王と初心者妻の、とびきり甘～い蜜月生活！
定価：本体1200円+税
Illustration：瀧順子
初心者妻とたっぷり蜜月!?
蛇王さまの夜の営みは、長さも濃度も想定外！
彼に溺愛されたメリッサの運命やいかに──？

草野 瀬津璃（くさの せつり）
故郷大好きな宮崎県出身。ファンタジー好きな物書き。休日の楽しみは、海辺の散歩とおいしいカフェごはん屋さん探し。

イラスト：なま
http://nm.dlb.moo.jp/

赤ちゃん竜のお世話係に任命されました2

草野 瀬津璃（くさの せつり）

2015年 5月 7日初版発行

編集－及川あゆみ・羽藤瞳
編集長－塙綾子
発行者－梶本雄介
発行所－株式会社アルファポリス
〒150-6005東京都渋谷区恵比寿4-20-3 恵比寿ｶﾞｰﾃﾞﾝﾌﾟﾚｲｽﾀﾜｰ5F
TEL 03-6277-1601（営業） 03-6277-1602（編集）
URL http://www.alphapolis.co.jp/
発売元－株式会社星雲社
〒112-0012東京都文京区大塚3-21-10
TEL 03-3947-1021
装丁・本文イラスト－なま
装丁デザイン－ansyyqdesign
印刷－中央精版印刷株式会社

価格はカバーに表示されてあります。
落丁乱丁の場合はアルファポリスまでご連絡ください。
送料は小社負担でお取り替えします。

ISBN978-4-434-20549-1 C0093